ANTOLOGIA de CONTISTAS BISSEXTOS

ANTOLOGIA de CONTISTAS BISSEXTOS

Organização de Sergio Faraco

Capa: Marco Cena
Revisão: Jó Saldanha e Larissa Roso

F219a   Faraco, Sergio, 1940-   (Org.)
           Antologia de contistas bissextos/ Ana Mariano...
           /et. al./; organização de Sergio Faraco. – Porto Alegre:
           L&PM, 2007.
           160 p. ; 21 cm.

           ISBN 978-85-254-1688-9

               1.Literatura brasileira-contos-antologia.2. Mariano,
           Ana. I.Título.
                        CDU 821.134.3(81)-34/V3

           Catalogação elaborada por Izabel A. Merlo, CRB 10/329.

© Sergio Faraco, Ana Mariano, Beatrice Braune, Beatriz Viégas-Faria, David Coimbra, Fábio Lucas, Ivette Brandalise, Ivo Bender, Jacob Klintowitz, Júlio Conte, Liberato Vieira da Cunha, Marcelo Backes, Miguel Casella da Costa Franco, Nilson Luiz May, Patsy Cecato, Renato Pereira, Sérgio da Costa Franco, Sérgio de Castro Pinto, Tarso Genro, Valesca de Assis, 2007

Todos os direitos desta edição reservados a L&PM Editores
Rua Comendador Coruja 314, loja 9 – Floresta – 90220-180
Porto Alegre – RS – Brasil / Fone: 51.3225.5777 – Fax: 51.3221-5380

Pedidos & Depto. comercial: vendas@lpm.com.br
Fale conosco: info@lpm.com.br
www.lpm.com.br

Impresso no Brasil
Primavera de 2007

SUMÁRIO

Introdução / 7

Ana Mariano – A cor do amanhecer / 9

Beatrice Braune – Hans / 17

Beatriz Viégas-Faria – Conto em gotas, em suspensão, granulado / 21

David Coimbra – Aquela noite, naquele bar / 31

Fábio Lucas – A festa do Poço / 47

Ivette Brandalise – A descoberta / 53

Ivo Bender – Campos de Santa Maria do Egito / 59

Jacob Klintowitz – A história do dr. Samuel / 67

Júlio Conte – Nascimento de uma pedra, o conto / 73

Liberato Vieira da Cunha – Do objeto indireto / 79

Marcelo Backes – A história do Toz / 83

Miguel Casella da Costa Franco – Nunca é dia de perder / 93

Nilson Luiz May – Vidas contra a corrente / 103

Patsy Cecato – Entre as orquídeas do delegado / 111

Renato Pereira – O corno e o lixeiro / 117

Sérgio da Costa Franco – Último páreo / 129

Sérgio de Castro Pinto – Cantilena / 137

Tarso Genro – O segundo filho de Trotsky / 143

Valesca de Assis – Aos pombos, aos pombos / 151

INTRODUÇÃO

Um dia, Somerset Maugham foi convidado para escrever o verbete do conto em dado compêndio. O que, afinal, significava um *conto*? Ele se recusou, argumentando – segundo minha lembrança e, certamente, com outras e melhores palavras – que a definição de conto que ele podia dar corresponderia não ao gênero em si, mas à espécie de conto que ele escrevia, ou seja, ao seu personalíssimo conceito de tal gênero.

Tinha uma posição, ao menos.

Não é fácil definir o que é um conto, ainda que se busquem paradigmas naquilo que é comum aos mais belos contos da literatura universal. Cada contista tem uma própria linhagem, e cada descendência de sua pena o próprio brasão.

Comentam certos estudiosos que o conto difere de outros gêneros mais longos, como a novela e o romance, por compreender um só núcleo dramático, ter escassas personagens que se movem em restrita geografia, com predomínio da ação sobre a reflexão e num tempo que, em regra, é histórico, cronológico, ao invés de psicológico, metafísico. É uma esforçada e esquemática tentativa de compor um figurino.

Eu, por mim, não sei o que é um conto. Escrevo histórias que os outros chamam de contos e, por isso, sou considerado um contista. Mas sempre que me perguntam por que não escrevo novelas ou romances, respondo que já escrevi mais de cinqüenta, que costumam acabar na sétima página.

Sugeriu-me um amigo que organizasse esta antologia de contistas eventuais, *bissextos*, e então me ocorreu a idéia de convidar não apenas autores que raramente escreveram contos ou nunca o fizeram, mas que tivessem algum ou muito destaque em outras áreas da arte, para descobrir o que pensam, sem fórmulas ou modelos já usados, sobre aquilo que venha a ser um conto.

Cada um contou uma história.

Pode ser que Somerset Maugham esteja errado. Pode ser que eu esteja mais errado ainda. Mas também pode ser que não.

Sergio Faraco
Julho/2007

ANA MARIANO

A COR DO AMANHECER

ANA MARIANO
Porto Alegre (RS)

Bacharelou-se em Direito pela Universidade Federal do Rio Grande do Sul e exerce a advocacia em Porto Alegre. Poeta, já teve experiências na ficção, participando de coletâneas organizadas pelo escritor e professor Charles Kiefer. Em 2006, publicou seu livro de estréia na poesia, Olhos de cadela. *Reside em Porto Alegre.*

Assim que ouviu as batidas na porta, Anita gritou um já vai e levantou-se. Enquanto enfiava o vestido por sobre a camisola de flanela, foi perguntando: o que é? É caso de partejo urgente, disse uma voz desconhecida. Anita entreabriu a porta. A luz incerta do candeeiro desenhou, na terra varrida do pátio, o vulto de um homem. Usava um poncho que deixava à mostra os pés calçados em alpargatas. Levava o chapéu tapeado para trás descobrindo o rosto. Anita estranhou a cor escura, deixando escapar só o branco dos olhos. Homens assim não eram comuns naquelas bandas. Não era um preto amulatado, um quase índio, olhos estreitos, como se cavados a canivete. Era negro tição, de beiço largo e nariz achatado. Tinha vindo sozinho. Atrás dele, atrelado na carroça, pateava um cavalo zaino.

Caso de partejo é sempre urgente, pensou Anita, enquanto tirava da prateleira a maleta já preparada: avental, tesoura rombuda, garrafa de álcool, iodo, linha e agulha grossas, uma estampa da Nossa Senhora do Bom Parto. Buscou, de dentro do roupeiro, uns sacos de farinha abertos em panos, lavados e fervidos. Talvez fossem de serventia, o parto era de pobre, tinham vindo de carroça.

Antes de apagar o lampião, deu uma última olhada nos filhos que dormiam. Parou um instante para vê-los melhor, pedaços indefesos dela mesma. Suspirando, avivou o fogo e ajeitou uma caneca com leite sobre a chapa do fogão. Deixou na mesa uma fôrma de pão caseiro e um queijo. Serviriam, até ela voltar.

O tempo é enganoso feito um lagarto, pensou Anita, enrolando-se num xale, os dias ficam parados, parecem de pedra, e quando a gente vai ver, não estão mais lá. Assim é a vida.

Saindo para o pátio de galinhas e laranjas, sentiu, no rosto, a picada do frio. Noite de geada ou de barro vermelho, até parece que escolhem, resmungou baixinho, mas, enfim, já estava acostumada.

O senhor é o marido, perguntou. Não, disse o homem, sem ajuntar mais nada. Em silêncio, Anita acomodou-se no banco de tábua. Ele alcançou-lhe a maleta, sentou-se ao seu lado e, com um estalar de beiços, atiçou os cavalos. Sacolejando, a carroça desceu pela estrada de terra como por um rio branquicento rasgado no escuro.

Anita quis saber onde iam. É perto da granja, o homem respondeu. Ela conhecia o lugar. Era nos fundos da estância do velho Bizuca. Não fazia muito tempo ele tinha assentado por lá uns gringos para plantar trigo. Uma alemoada de fala arrevesada, com os erres arrastados subindo e descendo no instante errado, como se cantassem.

O negro acendeu um palheiro, protegendo a chama com a concha das mãos. O cheiro de fumo misturou-se ao do poncho molhado de sereno. Era um cheiro bom, cheiro de homem. Por um momento Anita lembrou-se do finado marido. Afastou as saudades com cuidado, como quem afasta marimbondos. Não queria esquecer, mas não podia afrouxar, precisava tocar a vida, criar os filhos. Enrolada na quentura do xale, ela deixou-se levar, carroça e pensamentos.

Pelo céu, de lua quase nova, as sombras sucediam-se vagarosas. De vez em quando, o susto de alguma tropilha alvorotava os quero-queros. Que não seja criança fora do tempo e nem sentada, pediu Anita à santa. Graças a Deus, tinha muita fé. Em simpatia não acreditava, respeitava. Sabia umas de cor. Outras, copiadas, com letra redonda e caprichada, guardava num caderno. Algum dia podia precisar.

A quietude da noite, cortada de lebres e corujas, era mais uma ausência de dissonâncias que propriamente quietude. Um barulho tão contínuo e encadeado que passava por silêncio. É como o amor, quando a gente se habitua com ele e se esquece, pensou Anita, e, por um momento, o choro lhe mordeu a garganta. Pra disfarçar, virou o rosto para a lamparina de querosene que, indiferente, lançava, no vazio, pedaços sacudidos de claridade.

O palheiro do homem ao seu lado brilhava espaçado, vagalume sucedendo-se a si mesmo. Anita alisou o couro já gasto da maleta em seu colo. Era como pegar na mão de uma velha companheira. Lembrou da primeira vez que aparara criança. A parteira não chegara a tempo e ela acudira. Naquela noite, sentira por dentro algo que não sabia explicar, porque as coisas muito sentidas se atrapalham com as palavras.

Desde então, não parara mais. Tinha mão boa, era o que diziam. Das crianças que partejara, muitas já estavam crescidas lhe pedindo a bênção. Tomara tivessem sorte, eram como se fossem seus filhos, tomara tivessem sorte.

Um cheiro súbito de mato e terra úmida emprestou a Anita sua leveza repentina. Arroio do Lajeado. Muito lambari pegara nesse arroio, ela e a irmã, saias arregaçadas sobre as pernas finas. Usavam pedacinhos de sabão e sacos de farinha. Iguais a esses, pensou, acariciando os panos que levava. As coisas são como as pessoas, sentenciou, nascem todas iguais, o uso é que vai dando, a cada uma, a sua serventia.

Cheiro de fumaça. Estariam perto? Tomara fosse. Ia poder sair daquele frio, tomar uns mates. Um galo cantou fora de tempo. Outro respondeu, de algum lugar. O zaino da carroça relinchou, alertando, ainda mais, a cachorrada. Tinham chegado. O negro ajudou Anita a apear e, respeitoso, levando os dedos à aba do chapéu, comandou: a senhora entre, que eu fico por aqui, lhe esperando.

Era ranchinho pobre, de taquara e barro. Pela frincha da janela vazava uma luz fraca. Ralhando os cachorros, um homem muito loiro escancarou a porta, revólver na mão como se saísse pra briga. O marido, adivinhou Anita enquanto dava boa-noite e ia entrando, nessa hora, não precisava pedir licença. O homem a seguiu com passo incerto. Estava bêbado, cheirando a cachaça. Por um momento, parecia que ia falar, mas depois, sem dizer nada, guardou o revólver no coldre e sentou num banco perto do fogão. Anita não estranhou, uns ficavam mais nervosos, outros, menos. Em tempo de nascimento, os homens nunca são de muita serventia, não têm medo da morte, mas se acovardam com a vida.

A casa, de chão batido, era asseada. O candeeiro duplicava em sombras os móveis poucos: uma cama de ferro, uma mesa de tampo lanhado, quatro cadeiras, alguns bancos forrados com pelegos e um roupeiro de espelho manchado. Nas paredes, a fotografia do casal no dia do casamento e, sobre o fogão de barro, um pano muito branco, bordado em ponto de cruz, anunciava, errado, o dia da semana – sexta-feira.

Anita aproximou-se da cama. A mulher, quase uma menina, a olhou assustada. Era bonita. A pele, muito clara, os olhos líquidos afogados num lamento não vertido.

Não há de ser nada, minha filha, disse Anita, para acalmá-la. A moça não respondeu. Coitada, pensou Anita vestindo o avental, sozinha aqui com esse borracho. Nessas horas, sempre é bom ter outra mulher por perto, nem que seja pra puxar uma reza.

Perguntando das dores, Anita verteu numa bacia alouçada a água morna de uma chaleira, lavou as mãos e começou a trabalhar. Sentiu a freqüência dos puxos, examinou a dilatação, estava bem adiantada. A criança parecia estar na posição normal, tudo ia bem, era questão de tempo. Sentando-se ao lado da cama, tentou puxar assunto: a mãe? morta, o pai? também, irmãs? não tinha. Por falta de respostas, a conversa foi morrendo como fogo sem cuidado. Pois não tenha medo, dor de partejo é dor sem-vergonha, a gente logo esquece, disse Anita dando o assunto por encerrado, tinha mais o que fazer.

Avivou a lenha, botou água para ferver numas latas de querosene que encontrou perto do fogão, passou álcool na tesoura e a colocou, junto com o iodo e os panos, num banco, perto da cama. Deu graças a Deus por ter lembrado dos panos. Ali, não tinha muita coisa que servisse. Num parto, água quente e pano nunca eram demais.

Lavou e desinfetou a bacia. O banho com água esperta não servia só para limpar a criança, era também hora de se arranjar pequenos desvios: uma língua presa, uma fimose. Até um dedo a mais se ajeitava com um pique, um ponto, um pouquinho de iodo.

Sem deixar de trabalhar, Anita observava, com o rabo dos olhos, o marido mamando no gargalo. Por enquanto, não está atrapalhando, pensou, mas, se incomodar, mando sair. Nessas horas, homem só estorva, ainda mais assim, borracho. Bem dizia a minha mãe, quanto menor a coragem, maior a faca.

Uns puxos mais fortes, um grito, e a cabecinha da criança apareceu, ponto escuro por entre os dourados da mãe. Anita estranhou os cabelos, o nariz, mas seguiu trabalhando, não era da sua conta e, além disso, criança, logo que nasce, não tem nem cara nem cor definitivas.

Quando o primeiro tiro, vindo das bandas do fogão, estourou o vidro do retrato na parede, Anita estava entretida dando banho na criança. Mas, quando a segunda bala cravou-se no chão de terra, ao lado da bacia, ela já saíra porta afora. No pátio, passou pelo negro, que entrava no rancho, decidido, com jeito de dono e revólver na mão. Anita apurou o passo e subiu na carroça. Mesmo que dos dois homens só um fosse branco, eles que se entendessem. Às vezes é preciso torcer um pouco o ditado pra fazer servir.

As rodas rasgaram a geada deixando para trás seu rastro curvo e verdolengo. Um vento frio varreu do céu as últimas estrelas. Dentro do xale, no fundo do avental raiado de sangue, o recém-nascido despontava, pequeno sol moreno, sobre o colo de Anita. O dia talvez fosse azul.

BEATRICE BRAUNE

HANS

BEATRICE BRAUNE
Rio de Janeiro (RJ), 1976

Formou-se em Jornalismo pela UFRJ e trabalhou em telejornais da Rede Globo a partir de 1998. Ingressou na equipe de roteiristas do programa Video Show em 2000, vindo a participar de oficinas e projetos de teledramaturgia. Em 2007, publicou seu primeiro livro, Almanaque da TV. *Reside no Rio de Janeiro.*

— Aqui dói?
 — Não, doutor.
 — E aqui?
 — Também não.
 — Nem aqui?
 — Hum, hum.
 O médico afrouxou a mão que apertava o antebraço dela. A manga da blusa já podia voltar a se estender até o pulso, encobrindo aquelas manchas. O médico escrevia coisas em um bloco de papel, sem olhar para o seu rosto. Escrevia, escrevia, escrevia.
 — Não sentir dor não é bom, doutor?
 — Depende. No seu caso, isso há de ser alguma coisa.
 — Coisa que não dói é alguma coisa?
 — Pode ser, infelizmente.
 — Mas eu não sinto nada...
 O médico parou de escrever, escrever, escrever. Olhou o relógio na parede, cansado:
 — Era o caso de sentir.
 Ela saiu do consultório com o papel na mão. Não sentia nada. Não sentia tristeza, não sentia angústia, não sentia

pena de si mesma. Não sentia nem medo. Lembrou-se de sua casa vazia, dos retratos desbotados sobre a estante cheia de pó, das cortinas cerradas e das camisas dele ainda penduradas no armário. Há muito tempo que não sentia mais nada. Era o caso de sentir?

BEATRIZ VIÉGAS-FARIA

CONTO EM GOTAS, EM SUSPENSÃO, GRANULADO

Beatriz Viégas-Faria
Porto Alegre (RS)

Poeta, formou-se em Tradução pela UFRGS e doutorou-se em Lingüística pela PUCRS. Foi bolsista do CNPq na Universidade de Warwick, na Inglaterra, onde estudou teorias de tradução e tradução teatral. Mantém uma oficina de tradução literária, que funciona como curso de extensão da Faculdade de Letras da PUCRS. Participou de coletâneas de contos publicadas pela oficina literária ministrada pelo escritor Luiz Antonio de Assis Brasil. Obteve o Prêmio Açorianos de Literatura – Autor Revelação em Poesia com o livro Pampa pernambucano. *Sua tradução de* Otelo *foi distinguida com o Prêmio Açorianos de Literatura – Tradução. Reside em Porto Alegre.*

Foste acordada por teu filho. E ele ali parado te olhando, e tu ali deitada, e te acordas aos pouquinhos, bem aos pouquinhos. Teu marido ali do lado, roncando. E o filho não vê. E tu sentes que algo está fora de ordem, porque a tua barriga te avisa com aquele frio que vai te inchando o abdômen por dentro, por dentro gelando devagar e sempre cada centímetro quadrado do estômago da gente.

E é justo o filho que nunca mais tinha dado notícias, e agora ele ali, tão parado, tão quieto. E tu tentando te acordar, abrir melhor os olhos, enxergar melhor o filho do meio. Magro, muito magro. Devia comer mais. Comer melhor. Se alimentar. Droga, tu comeste demais no churrasco ao meio-dia, e agora isto: a sesta pesada. Mas é o teu filho que está ali, na penumbra do teu quarto, e o teu marido ele não vê.

Por que não disse logo a que veio? Está precisando de dinheiro, ele? Vai casar! Ah, mas que bom – é isso que ele veio dizer, trazer as boas novas. E então tu começas a te levantar, primeiro o cotovelo fincado na cama, embaixo do corpo, e aí tu já estás levando as pernas para fora do berço e procuras o teu multifocal na mesinha de cabeceira e sentes raiva de ti mesma por teres tomado tanta cerveja sabendo que és fraca para o álcool. Muito fraca. E ele não vê o teu marido.

Agora tu enxergas melhor, o teu filho do meio. Sim, o do meio. O que ainda não casou. O que saiu e foi viajar e não deu mais notícias. Que bom, ele aqui na tua casa, ali no teu quarto, assim parado, quieto. Sem brigar, que espanto! Bom, deixa tu tratares de te levantar.

Tu colocas as pantufas, puxas o casaco dos pés da cama, te aqueces na lã grossa.

Chocolate quente! isso, preparar um chocolate quente – com um tantinho de café preto dentro, que é para acordares melhor.

Então puxas o teu filho pela mão, mas na tua mão não sentes nada, nem um pouquinho de calor humano. Está certo, ele não quer. Tu largas a mão do teu menino do meio, o que ainda não casou e aparece agora para contar à mãe que arranjou uma noiva.

Daí tu pões o leite no fogo, pegas o chocolate em pó e olhas o rapaz e ele é bonito. Pegas o ovo para fazer gemada e bater clara em neve, bem assim como quando eles eram pequenos, os teus filhos. Tu quebras a casca do ovo e viras de lado para o que estás fazendo e miras o teu filho e ele é belo e tu lembras que ele não viu o teu marido.

– *Oi, filho.*
– *E aí, mãe?*
– *Há quanto tempo.*
– *Pois é.*
– *Como é que tá a vida?*
– *Não tá.*

Tu sabes que a conversa vai ser difícil. O garfo te dói na mão, de tanta força que estás usando para bater a gemada. Teus maxilares vão doer depois, tão cerrados que estão, a boca seca, seca e tu não consegues parar de bater a gema na xícara para pegar um copo d'água, nem mesmo ofereceste água ao teu filho. Que lástima que tu és, criatura.

O leite agora vai levantar fervura.
Teu filho te segue com o olhar suplicante, e tu te dás conta de que estás sem a parte de baixo do pijama. Estás de calcinha, criatura, e a parte de cima do pijama, e meias e pantufas, e o casaco de lã, sim, mas as coxas de fora.

O filho do meio não diz que tem noiva, que vai casar enfim, não conta nada. E vai embora, sem nem ao menos beber o chocolate quente que tu preparaste especialmente para ele, e vai embora sem olhar para o teu marido.
Sem olhar para o teu marido.
Coisa antiga, de quando o pai dele morreu e tu ficaste doida de dor e mal do juízo e a falta que te fazia o marido pai dos filhos e aquele do meio era cuspido e escarrado o falecido. E tu eras mais nova e tu gostavas de andar com as coxas à mostra e depois nem te davas conta que estavas só de calcinha.

Coisa antiga. Depois passou, e se acalmou a dor e tu conheceste o teu marido este que ronca do teu lado na cama e então tu já estavas de novo no teu juízo perfeito, mãe dos meninos que gostam de chocolate quente nas noites de frio. Que gostavam de se juntar na cama da mãe nas noites de minuano, que corriam para debaixo das mantas uruguaias, bem quentinhas.

Interrompida a sesta com a visita do filho, tu vais agora para a internet e tu dás uma olhada nas notícias e tu vês se tem algum filme passando no cinema que te interesse. Hoje não. Procuras receitas de chocolate quente, quem sabe tem alguma dica boa para sofisticar a bebida dos meninos; pensando agora nos netos.

O teu celular toca, o visor acusa chamada do teu filho do meio. Tu atendes. Quem sabe ele mudou de idéia e vai voltar e conversar. É da polícia rodoviária federal, houve um acidente numa estrada de Santa Catarina, coisa de uma hora atrás.
Uma hora atrás.
Uma hora atrás tu estavas acordando da sesta.
Tu pegas o livro que estás lendo aos poucos, um conto a cada noite, que é para não ficar pesado demais. As coincidências da vida, tu pensas.

Escrevera o autor:
Uma hora tinha se passado. Uma hora que, no relógio parado da memória, se repetiria em mil horas inteiras de tortura e terror. E pelo resto da vida quantas vezes seria eu, indefesa no sonho, o pasto de tal bicho espumante de raiva?
Página 11.

Olhas a capa, tu já assim sem qualquer expressão no rosto, sem forças nos braços, sem ânimo nas mãos: *Macho não ganha flor*. O livro cai aberto no chão, e capa e contracapa imitam-se no duplo de um papel vermelho lado a lado com um papel que parece branco, e tudo está duplo aos teus olhos – tuas mãos inertes, tuas lágrimas em rios paralelos descendentes, teus dois maridos em duas camas, teus dois filhos que te sobram, e aos teus ouvidos – teus dois gritos que tu não sabes de onde, teus dois passos antes de encontrares o carpete e acomodares tua bochecha no chão. O filho do meio era, dos três, o que mais gostava de Chico Buarque, que nem tu.

Se entornaste a nossa sorte pelo chão
Se na bagunça do teu coração
Meu sangue errou de veia e se perdeu

E aquele filho querido, e depois aquela morte cerebral, e tu agora de novo doida de dor, só que mais doida de dor desta vez, e nos guardados dele tinha tanta letra de música, doido por música que ele é.

Então tu recuperas o teu juízo temporariamente e tu reconheces a morte cerebral e tu concordas com a doação de órgãos e tu tentas com todas as tuas forças te consolar com o pensamento, reconfortar com o raciocínio teus farrapos de alma, teus trapinhos de coração. Ele continua – ele continua – ele continua nas córneas, no coração, no fígado (tão pouco que ele bebia, como tu bem sabes), nos rins, será que pele também pode? Ai, ai, ai, como te dói – a pele daquele bebê que tanta fralda tu trocaste, a pele daquele adolescente com tanta espinha na cara, a pele do teu rapazinho de barba na cara. Pela tua memória, pelas fotos todas, quanta pele não podia ser doada!
Teu filho do meio, e tu esquecias, e tu juras que nunca foi por querer, de vestir a parte de baixo do pijama. Ai, ai, ai, como tudo tudo te dói.

Foste acordada por teu filho. E ele ali parado te olhando, e tu ali deitada, e te acordas aos pouquinhos, bem aos pouquinhos. Teu marido ali do lado, roncando. E o filho não vê. E tu sentes que algo está fora de ordem, porque teus olhos estão ainda, tanto e sempre, inchados desse teu choro sem fim, teus olhos de mãe enlutada, indefesa no sonho, no relógio parado da memória, em mil horas inteiras de tortura e terror.

Teu sangue se esvai do rosto, de tuas mãos e pés brota um suor repentino. Ele mesmo, como da outra vez, só que desta vez tu sabes que não faz sentido aquele teu filho do meio aparecer ali na penumbra do teu quarto, aqui na tua casa.

– *E aí, mãe?*
– *Oi, filho.*
– *Recém nos vimos.*
– *Pois é.*
– *Como é que tá a vida?*
– *Não tá.*

Vocês vão para a cozinha, tu bates a gemada enquanto ele cuida o leite para não derramar. Ele nunca quis ver o teu marido. Nem agora. Tu deixas o chocolate quente amornado passar pela boca e escorrer para trás e descer pela goela porque, mesmo fora do teu juízo perfeito tu sabes – aquela frase que não cansas de repetir para ti mesma: saco vazio não pára em pé. E tu tens os outros, o marido, e os guris, o mais velho e o mais novo, e os netos, sempre uma esperança. Embora o coração não sinta, embora a alma não dê conta de projetar ou mesmo conceber um futuro onde tu voltes a sentir qualquer coisa que não o vazio absoluto dentro de ti, tu ainda te agarras nesse teu raciocínio tão treinado em livros e palestras e cursos e teatro e debates e letras de canções.

Tudo dói, e dói mais ainda tu estares na tua cozinha, te alimentando, olhando o teu filho do meio, querido ele
tão bonito
tão bonito
tão bonito
Tu te perguntas em quantas pessoas outras o teu filho agora vai pulsar e vai enxergar e vai dispensar hemodiálise e vai

O susto é tanto que tu dás um pulo quando o telefone toca no silêncio da casa, só tu e teu filho se olhando, quietos, enquanto teu marido roncava. Quem atende é o teu marido. E depois ele te conta, muito devagar, tentando achar palavras, o que se resume fácil: o helicóptero que levava os órgãos para doação caiu na selva.

Não há sobreviventes, é o que vão te dizer todos os jornais amanhã.

Ele tem tanta letra de música nos guardados dele.

Não, acho que estás te fazendo de tonta
Te dei meus olhos pra tomares conta
Agora conta como hei de partir.

DAVID COIMBRA

**AQUELA NOITE,
NAQUELE BAR**

David Coimbra
Porto Alegre (RS), 1962

Escritor e jornalista, trabalhou em diversos jornais de Santa Catarina e do Rio Grande do Sul, ultimamente como editor executivo de esportes e colunista, além de comentarista de televisão. Na literatura e no jornalismo sua produção teve o reconhecimento de dez prêmios ARI, prêmio Esso Regional Sul, prêmio Açorianos, prêmio Habitasul, prêmio Direitos Humanos de Reportagem e prêmio Erico Verissimo, este concedido pela Câmara de Vereadores de Porto Alegre. Já publicou diversos livros, sobretudo romances. Reside em Porto Alegre.

Depois do que aconteceu, tentei várias vezes descobrir de quem, afinal, tinha sido a idéia de ir àquele bar. Como se adiantasse. Como se pudesse voltar ao passado para corrigir o presente. "Se" não tivéssemos ido ao bar, "se" não tivéssemos saído aquela noite, se, se... Inútil. Aconteceu, pronto. A culpa não foi do bar, não foi de ninguém. Minha, talvez.

A verdade é que nunca havíamos pisado naquele bar e, por algum motivo, um de nós propôs que o conhecêssemos. Nós que digo somos eu e minha namorada Alice. Eu a amava, hoje sei o quanto. Estávamos juntos havia cinco anos, falávamos em casar e tudo mais. Agora, em retrospectiva, percebo que Alice não sentia o mesmo que eu. Ou não sentia em igual intensidade. Ou passava por uma crise, sei lá. O fato é que existia algum problema entre nós, como constatei naquela noite.

O bar não estava cheio, quando entramos. Não era um lugar muito grande, doze ou treze mesas, metade delas ocupada. Escolhemos uma encostada à parede. No instante em que levantei o braço para chamar o garçom, senti a presença do homem. Estava na mesa ao lado, sentado de frente para nós, sozinho. Já olhava para Alice e já sorria um sorrisinho de deboche. Fiquei incomodado, mas nada fiz. O garçom se apresentou, pedimos nossas bebidas, concentrei-me em Alice. Ela também havia notado o tipo.

— Tem um cara me olhando — reclamou.

Virei a cabeça para a esquerda e observei-o rapidamente. Ele continuava fitando Alice com intensidade, e continuava sorrindo. Era um sujeito grande, de ombros largos e cara de mau. Devia ser um desses lutadores de jiu-jitsu. Não teria como enfrentá-lo. Nunca fui dado a atividades físicas, nem a emoções fortes. Sou funcionário, minha vida sempre foi pacífica, carimbo documentos, rubrico papéis, vez em quando atendo ao telefone. O máximo de exercício que faço é levantar o suporte do durex. E nunca, nunca briguei em bar.

— Deve ser algum bêbado — dei de ombros. E debrucei-me na direção de Alice, fincando os cotovelos na mesa e tomando a mão dela sobre a toalha.

Sorri. Fiz um comentário casual, tentei concentrar-me na minha bela namorada e demonstrar claramente ao estranho que formávamos um casal. Não adiantou. Ele continuava encarando-a ostensivamente. Uma falta de respeito. Um acinte. Que deveria fazer? Desafiá-lo seria uma temeridade. Ir embora, uma humilhação. Chamar o garçom, quem sabe? Pedir que tomasse uma providência? Garçom, aquele sujeito está olhando para a minha mulher. O garçom riria na minha cara. Olhar não é proibido, todo mundo se olha na noite, ele não podia fazer nada.

Resolvi fazer comunicação visual. Olhar para ele e mostrar minha contrariedade. O macho demarcando seu território para afugentar outro macho. Poderia funcionar.

Foi o que fiz. Torci de novo o pescoço para a esquerda e olhei nos olhos dele. Olhos pequenos, rasgados e frios. Olhos de cachorro *pit-bull*. Ele sustentou o olhar. Eu, não. Incomodou-me, aquele jogo. Voltei-me mais uma vez para Alice. Vi que ela me estudava, e parecia aborrecida.

— Vamos embora daqui – decidi, aprumando-me na cadeira.

Tarde demais. Antes que fizesse menção de chamar o garçom, o tipo se materializou ao meu lado, ameaçador, enorme, dando a impressão de ter dois metros de altura.

— Tava me encarando? – perguntou, com um acento de malícia na voz rascante.

Óbvio que queria confusão. Devia ter saído de casa com esse objetivo. E, ao me ver com Alice, encantou-se com ela, o que não é difícil, e calculou que poderia me surrar sem esforço, o que também não é difícil.

O fato é que, sentado naquela cadeira, com a parede às minhas costas, com meus olhos postos na linha da cintura do monstro, senti-me um verme. Senti-me pequeno e frágil. E, confesso, senti medo. Um medo que borbulhou no meu estômago e amolentou-me as pernas e enozou-se na minha garganta. Minha vontade era sair correndo dali sem olhar para trás. Mas o medo que me impelia porta afora também me afivelava à cadeira. Foi com dificuldade que consegui balbuciar:

— O... o senhor... o senhor me desculpe. Nós não queremos confusão. Nós estamos indo embora...

Ele riu alto. Meu medo aumentou, ao som daquela gargalhada.

— "Nós" estamos indo embora? – caçoou. – "Nós" quem? Você vai. A loirinha fica.

Olhei para Alice. Observava a cena com interesse de espectadora, não como uma das protagonistas. Parecia não ter lado na disputa. A atitude imparcial dela me irritou, mas a irritação não era maior do que o medo. O medo superava tudo, todos os sentimentos que experimentara até então.

— Vamos embora, Alice – estendi uma mão trêmula para ela. Ela não se mexeu. Olhava de mim para o grandalhão e do grandalhão para mim.

Eu estava com o braço estendido, esperando que Alice se levantasse. Não se levantou. Meu braço permanecia no ar, ia recolhê-lo, mas a mão de aço do grandalhão cingiu-me o pulso. Quase desmaiei de pavor.

– Me larga – gemi.

Gargalhando sempre, ele torceu-me o braço às costas, e o fez com facilidade, com naturalidade, como se brincasse com uma criança. A dor da chave-de-braço espalhou-se por meu ombro. Gritei:

– Aiaiaiai...

Era um grito infantil, choroso, do qual me envergonhei, mas que não consegui evitar. Ao contrário, repetia, quase aos prantos, propositalmente súplice, na esperança de que ele se comovesse com a minha dor e me soltasse:

– Ai, meu braço! Vai quebrar meu braço! Meu braço! Meu braço!

Com a poderosa mão direita, ele torcia meu braço cada vez mais. Com o braço esquerdo, aplicou-me uma gravata. Enquanto a garganta se me fechava, sentia o cheiro azedo do meu verdugo. Lágrimas me vieram aos olhos. Eu choramingava:

– Me larga! Por favor! Me larga!

Ele ria. Estava se divertindo. Em meio ao desespero, consegui ver Alice, ainda sentada, ainda com um ar de interesse indiferente no rosto. Por que ela não protestava? Por que não gritava por ajuda? Jamais havia me sentindo tão abandonado na vida.

Atrás de Alice, surgiu outra figura. Um homem. O dono do bar, creio, porque pediu:

– Por favor! Parem! Por favor! Vou chamar a polícia!

A ameaça deve ter surtido efeito, porque o grandão levou os lábios até a minha orelha e sussurrou:

– Pede desculpa.

– Pelo quê?
– Pede desculpa!
– Desculpa! – bali. E repeti, implorando: – Desculpa! Desculpa! Me larga! Desculpa! Desculpadesculpadesculpa!
O que ele pedisse, eu faria, isso é que é. Faria.
Mas ele não me soltou. Aumentou a pressão sobre meu braço, empurrou-me para baixo, devagar.
– Ajoelha, bichinha! – mandou. – Ajoelha!
Ajoelhei-me. Ele largou meu pescoço e agarrou um tufo dos meus cabelos. Puxou minha cabeça para trás. Rosnou:
– Pede desculpa de novo!
E eu ali, ajoelhado, submetido, humilhado, cacarejei um pedido de desculpas entre soluços. Depois do que, o grandão, enfim, empurrou-me para o chão. Fiquei rojado no parquê, tossindo, a mão esfregando o pescoço ferido.
Ele deu dois passos na direção de Alice.
Apoiou-se no encosto da cadeira dela.
Abaixou-se à altura do rosto dela.
E a beijou na boca.
Beijou-a com fúria, mas sem pressa, longamente, desfrutando cada momento. Alice não fez menção de reagir. Ou, por outra, reagiu: ergueu as duas pequenas mãos brancas e apertou os bíceps poderosos do meu agressor. Ela estava gostando! Estava gostando!
Depois de alguns segundos, o grandão se desgrudou da minha namorada. Ergueu o torso. Afagou o cabelo loiro dela. E foi-se embora sorrindo, deixando-me ali no chão, ordenando, antes de sair:
– Paga a minha conta, babaca!
Não paguei conta alguma, lógico. Arrastei-me dali ouvindo as desculpas do dono do bar e os murmúrios dos clientes. Alice seguiu dois passos atrás, abraçando a bolsa, sorrindo estranhamente. Portava-se como se não estivéssemos juntos. Quando paramos ao lado do carro, ela falou:

– Quer que eu dirija?

Aquilo fez eu me sentir ainda mais humilhado. Ela achava que eu não tinha condições nem de dirigir.

– Não – respondi.

Entrei no carro. Ela sentou no banco do carona. Tomei o caminho da minha casa. Ela:

– Ah, me deixa em casa. Estou cansada...

Mudei o trajeto para ir à casa dela. Dirigia com raiva. Tinha vontade de gritar. Não gritei. Não disse nada. Ela também não. Ficou mexendo no rádio do carro, mudando de estação. Não parava em estação alguma. O chiado do rádio me irritava. Era de enlouquecer. Desliguei o rádio. Alice ergueu as sobrancelhas. Girou a cabeça para a direita e ficou olhando para fora, pelo vidro da janela.

Não falamos durante o caminho. Parei o carro diante do edifício onde ela residia, ela me pespegou um beijo rápido, deu tchau e saiu. Arranquei o carro. Voltei para casa. Ao fechar a porta do apartamento, desabei. Chorei sentado no chão, com as costas apoiadas na porta da rua. Chorei de raiva de mim mesmo e de vergonha. Os acontecimentos das últimas horas voltavam a minha cabeça, zuniam nos meus ouvidos, eu tentava entender o que ocorrera. Não conseguia.

Como pude ser tão covarde? Lembrava-me daquela sensação, eu ajoelhado no bar. Ainda sentia o peso do corpo nos joelhos. Oh, Deus, como pude? Por que não fiz algo? Por que não me debati, não mordi a mão dele, por que não tomei uma garrafa e bati na cabeça dele? Mas não havia garrafa alguma por perto... E ele foi muito rápido, ele me imobilizou. É, não podia fazer nada mesmo. Mas não devia ter pedido desculpas. Não devia ter me ajoelhado. Antes a morte! Antes ser espancado! Era isso que devia ter feito. Devia ter permitido que me espancasse. Mas fui covarde... E Alice? Desgraçada! Não fez um gesto em minha defesa,

não levantou um dedo, não gritou por socorro, nada. E o beijo que ela deu no maldito? Sim, porque ela o beijou. Ela o beijou, o beijou!
 A cena do beijo voltava à minha mente e voltava e voltava, e eu ia ficando cada vez mais indignado com Alice. Por que ela agira daquela forma? Bem que eu vinha reparando que ela andava distante, fria... Mas beijar o homem que me agrediu? Era como se me desprezasse. Quase como se me odiasse. Aquilo não podia ficar assim. Tinha de falar com ela, esclarecer a situação. Levantei-me do chão. Corri para o telefone. Liguei para Alice.
 – Alô?
 – Sou eu.
 – Ah...
 – Alice, vou ser direto: estou muito chateado com você. Estou até indignado.
 – Comigo?
 – É. Com o que aconteceu no bar.
 – Você está indignado "comigo"? Que culpa tive eu?
 – Aquele beijo, Alice.
 – Que é que tem?
 – Você aceitou aquele beijo, Alice. Você retribuiu!
 – Ele me beijou à força.
 – Você retribuiu!
 – O que você queria que eu fizesse? Meu namorado, que deveria me defender, estava ajoelhado no chão, choramingando.
 Foi como um soco. A humilhação me amassou. Por que ela estava fazendo aquilo? Meus olhos encheram-se d'água. Baixei o tom de voz:
 – Por que você está fazendo isso, Alice? O que está acontecendo?
 Ela ficou muda por alguns segundos. Falou, enfim:

— Acho que precisamos conversar. Amanhã.
— Vamos falar agora! – a ansiedade queimou meu peito.
— Acho melhor amanhã, com calma...
— Agora!
— ...
— Agora, Alice!
Ela suspirou, antes de dizer:
— Não estou mais apaixonada.
Tonteei.
— Quê? O que aconteceu?
— Não estou mais. Só isso.
— Mas por quê? O que aconteceu?
— Não sei o que aconteceu, Gustavo.
— Mas... Quando aconteceu isso?
— Há alguns dias. Acordei e não estava mais apaixonada. Vamos conversar amanhã?

Um resto de dignidade tomou conta de mim. Fiquei furioso. Conversar? Se não havia mais amor, para que conversar? Tudo já estava dito. Foi o que falei, entre os dentes:
— Acho que não temos mais o que conversar, Alice.
Ela suspirou mais uma vez. E disse, com naturalidade arrasadora:
— Tudo bem. Você é quem sabe.

Assim terminou meu namoro de cinco anos. Depois de uma conversa de dez minutos e uma noite de pesadelo.

Os dias que se seguiram foram os mais duros da minha vida. Assim como aquela noite fui covarde de uma forma que não me julgava capaz de ser, nos meses subseqüentes sofri de uma forma que não sabia ser capaz de sofrer. Tentei voltar com Alice, liguei para ela, conversamos, não adiantou. Fui até a casa dela de madrugada, gritei seu nome na calçada; esperei por ela na saída do trabalho, implorei, me humilhei, rastejei e foi ainda pior. Quanto mais me desesperava, mais dura ficava ela. Foram seis meses de infelicidade. Seis meses acordando com uma bola de tristeza na garganta.

Não passou de um dia para outro. Passou aos poucos, bem devagar, graças, principalmente, a ela, que se manteve firme na rejeição.

A dor da perda de Alice, porém, não era minha única dor. Sentia também a dor daquela noite em que eu fora transformado em algo menos do que um homem. Repassava aquela noite mentalmente todos os dias, e cada dia sentia mais raiva de mim mesmo. Tinha de fazer algo para me recuperar. Tinha de provar que eu não era aquele ser abjeto, ajoelhado no chão do bar. E só havia uma forma de fazê-lo: precisava enfrentar aquele homem de novo.

Não sei exatamente quando tornei-me obcecado por essa idéia. Foi em meio ao processo de esquecimento de Alice. Aquilo foi tomando vulto na minha mente, foi crescendo, até que uma noite, fiz.

Fiz.

Voltei àquele bar.

Tremia, quando estacionei o carro defronte ao prédio. Tremia ao sair do carro e ao entrar no bar.

Mas entrei.

Estava tudo exatamente como naquela noite. Pouca gente nas poucas mesas do salão. Acomodei-me no mesmo lugar da minha última noite com Alice. Chamei o garçom. Pedi uma cerveja. Aparentemente, nenhum funcionário me reconheceu. Trataram-me como um cliente qualquer. Bebi minha cerveja, pedi um sanduíche aberto, comi sozinho e em silêncio, esperando que ele entrasse a qualquer momento. O que não aconteceu. Paguei a conta e, por volta da meia-noite, saí.

No caminho para casa, sentia-me revigorado. Havia enfrentado o primeiro medo e o superara. Na noite posterior, lá estava eu no bar, outra vez. Daquela feita, entrei no lugar com mais naturalidade. Jantei, bebi e fui embora. Transformei-me em um *habitué* do bar. Os garçons me conheciam, o proprietário já me tratava com alguma intimidade. Sempre que eu saía, era para lá que ia. Para lá levava os poucos amigos que tenho e foi lá que conheci Mirna, uma morena de olhos castanhos que me fez esquecer Alice em definitivo. Começamos um namoro, Mirna e eu. Saíamos juntos, íamos ao cinema, a algum show e, depois, sempre acabávamos naquele bar. Vivia dias relativamente felizes com Mirna, nós nos divertíamos, era tudo muito leve, como tem de ser, mas, na última esquina da alma, eu sabia que faltava algo. Faltava o reencontro com meu verdugo. Por isso, cada noite naquele bar era, também, uma noite um pouco tensa, uma noite de expectativa. Eu esperava por ele. Esperava, esperava.

Passaram-se dois anos. Claro que não ia todas as noites ao bar. Às vezes, atravessava uma semana inteira sem que desse as caras por lá. Mas, sempre que podia, lá estava eu, esperando.

Esperando.

Até que um dia aconteceu. Sabia que aconteceria.

Ele entrou no bar. Eu e Mirna jantávamos, e ele entrou, sozinho, como da outra vez. Fiquei paralisado. Meu coração batia com força. Tanta que pensei que Mirna poderia ouvir, sentada a metro e meio de mim. Todo o meu corpo pôs-se em estado de alerta, retesado, eriçado como um animal. Ele estudou o local e escolheu uma mesa não distante da que estávamos, na minha diagonal. Sentou-se. O garçom foi atendê-lo. Eu não conseguia mais comer, não conseguia mais tirar os olhos dele. Mirna notou.

– Algum problema?

– Não... – respondi, desviando os olhos para ela não sem algum esforço.

— Você está estranho... Perdeu a fome?
— Um pouco.

Tentei mastigar algo. Não sentia o gosto. Meu velho inimigo estava lá, bebendo. Não tinha sequer me reconhecido. O momento pelo qual esperei por tanto tempo havia chegado. E agora? O que devia fazer? Na minha cabeça, havia planejado mil formas de vingança. Queria humilhá-lo como ele me humilhou. Imaginava-me submetendo-o com um revólver, mas eu não tinha revólver, nem sabia atirar. Imaginava-me atacando-o de surpresa, mas, ali, no bar, como poderia surpreendê-lo? Estávamos no campo de visão um do outro. Talvez se eu fingisse ir ao banheiro e o atacasse pelas costas... Uma garrafada certeira na base da nuca o poria desacordado. Mas e depois? O que fazer depois? Matá-lo? Não, óbvio que não. Ir embora, simplesmente? Não... E se meu golpe não fosse capaz de derrubá-lo? E se ele se erguesse e partisse para cima de mim? Meu Deus, eu não sabia o que fazer.

E também... Também não era vingança o que pretendia. Não. Eu só queria uma chance de provar que eu não era aquele ser pusilânime que havia sido humilhado naquela noite. Queria mostrar a mim mesmo que tenho alguma dignidade, afinal. Olhei para Mirna. Ela me encarava, curiosa. Nos últimos minutos, eu havia me comportado como se ela não estivesse presente. Precisava dar alguma atenção a ela. Sorri. Ela sorriu de volta, mas ainda me olhava com certo espanto. Esperava alguma explicação.

— Se alguma coisa ruim acontece a alguém — comecei, com as duas mãos sobre a mesa. — Alguma coisa muito ruim. Um acidente, digamos. Não... Pior: se essa pessoa é torturada.

Mirna me ouvia em silêncio expectante.

— Uma pessoa é torturada brutalmente — continuei.

– Como essa pessoa pode continuar vivendo com essa humilhação?

Mirna piscou.

– Uma pessoa que foi torturada... – especulou.

– Penso muito nisso – disse eu, interrompendo-a. – Porque a gente tem de conviver com coisas ruins muitas vezes, não é? Coisas que a gente não gostaria de ter vivido.

– Não entendo...

– Se bem que não é exatamente isso – eu falava, mas não era para ela que falava. Falava porque tinha de falar. – O que acontece é que às vezes a gente faz coisas que não gostaria de ter feito – olhei nos olhos dela. – Você nunca fez algo que não gostaria de ter feito? Algo de que se envergonha?

– Claro... – Mirna balançou a cabeça. Não compreendia nada.

– Pois é isso! O que a gente faz quando tem vergonha de si mesmo? Tem que se enfrentar, não é? Não é isso? Tem que enfrentar o medo!

Mirna me olhava como se eu tivesse enlouquecido. Naquele instante, o homem se levantou. Ia sair do bar. Era agora ou nunca mais. Eu tinha de fazer alguma coisa. Ele caminhava em meio às mesas, estava a dois metros de mim. Então ergui-me de um salto. Mirna arregalou os olhos. O homem parou. Olhei para ele. Encarei-o firmemente. Meus punhos estavam fechados. Meus dentes rilhados. Respirava com dificuldade, pesadamente. Sentia raiva. Olhei para ele com raiva. Ele hesitou um instante. Após alguns segundos, percebi que uma sobra de reconhecimento passou por seus olhos. Ele se lembrou de mim. Ficou me olhando, e eu para ele. Ele continuava grande e forte, seus olhos ainda eram olhinhos de *pit-bull*, muito provavelmente eu ainda não teria como enfrentá-lo. Mas ia enfrentá-lo. Ia resistir. Não sei

se ele viu isso nos meus olhos, não sei o que passou pela cabeça dele, só sei que, depois de alguns segundos, ou talvez tenha sido um minuto, ou mais, ele respirou fundo e saiu. Foi-se do lugar sem dizer palavra nem olhar para trás.
Suspirei.
Sentei-me.
Mirna me olhava de boca aberta.
– O que aconteceu? – perguntou ela, aflita.
Não respondi. Estava retomando a respiração.
– Gus... Eu senti medo...
Fitei-a, sorrindo. E suspirei outra vez.
– Eu também – disse. – Também senti medo.

FÁBIO LUCAS

A FESTA DO POÇO

Fábio Lucas
Esmeraldas (MG), 1931

Ensaísta e crítico literário, especialista em Teoria da Literatura, doutorou-se em Direito, Ciências Sociais e Economia pela UFMG, lecionou em cinco universidades brasileiras, seis norte-americanas e uma portuguesa. Foi diretor do Instituto Nacional do Livro e, por cinco vezes, presidente da União Brasileira de Escritores. É colaborador de jornais e revistas brasileiras, portuguesas, norte-americanas, mexicanas, canadenses, espanholas e italianas, e detentor de inúmeros prêmios literários, entre eles o prêmio Jabuti, em 1970, pelo livro O caráter social da literatura brasileira, *e o Juca Pato, em 1992, como Intelectual do Ano. Em 1987, foi jurado do prêmio Casa das Américas, em Cuba. É autor de quase uma centena de obras. Reside em São Paulo.*

Morto de saudade eu voltava a Transvalina. Vestia a minha farda colegial. Naquele tempo tudo guardava o aspecto militar. Fui logo envolvido pelos amigos. Dagoberto, primo, atualizou-me. Todos, das dezenove às vinte horas, iam para frente do rádio Philips e se hipnotizavam pela novela empolgante. Todos recitavam os mesmos bordões, senti-me perdido. Zé do Padre tinha morrido. A mais bela moça, Cilene, tinha sido engravidada pelo Bafo, filho de Arildo. Amedrontado, Bafo pôs os pés no mundo.

Ao papo de Dagoberto se juntara o de Jáder. Tentara estudar em Pará-de-Minas, mas desistira. Não nascera para aquilo, muito menos para viver quieto numa prisão. Olhou-me com desprezo. Quero ver daqui dez anos qual dos dois estará melhor, estipulou minha irmã mais velha, Helga. Risadas.

Passou por nós Gumercindo, a reunir voluntários para o Poço. Centro recreativo aonde íamos nadar, fugindo do calor excessivo. O Poço era a maior universidade de patifarias. Lá se aprendiam xingamentos gerais e, quando era o caso, ofensas morais ligadas à sexualidade. Os comedores encoxavam os efeminados, verdadeiros ou putativos. Liderando a tropa dos machos, Geraldo da Zezé Cunha. Temido.

As famílias proibiam-nos de freqüentar o Poço, lugar de perdição. Gente educada devia evitar aquele antro. Dagoberto e Jáder não disponíveis, aceitei a companhia de Zaquete, simplório, meio zero-à-esquerda. Ninguém se melindrava com ele. Concordante.

Manhã seguinte, pela primeira vez eu envergava o meu eslaque, novidade por ali. Camisa comprida, folgada, fora das calças, a cobrir o corpo até metade das coxas. Calça cáqui. Por baixo, cuecas, peça do enxoval do internato. Todo pronto para a festa do Poço, como diziam.

Geraldo olhou-me de esguelha, beiço de baixo afrouxado, tipo capanga vazia. Na comissura dos lábios, risinho debochado.

Veio de cuecas, criança? Isso é para gente grande. Não gosto dessas frescuras. Esse balandrau desconjuntado... E olhando para o grupo: o veado tem cada uma! Espera aí seu merda de estudante!, disse me fixando diretamente, em tom acelerado: se vier com essa droga outra vez nós vamos te esfolar, e você terá de dar pra todos, tá bom?

Não respondi. Queria sossego. Incomodava ser humilhado ali na frente do Zaquete. No Poço era assim, todo mundo nu, a mergulhar a partir do galho dobrado até a margem. Mais para o centro, a correnteza. Fui devagar. Geraldo passou encostando a mão na minha bunda. Virei-lhe um soco no ombro.

Ei gente, o veadinho quer brigar. Vamos esfolar? E caminhou para mim e passou a mão no meu rosto: tão bonitinho! O gesto acordou coragem nos outros. Mitigal veio para perto e puxou meus cabelos. João Restolho me empurrou n'água. Debati-me quanto pude, voltei à margem e me deparei com Geraldo em atitude de luta. Zaquete acudiu em tom conciliador: deixa disso, Geraldo. Deixa o menino brincar! Só se for noutro poço, camarada. Aqui não entra veado, acrescentou com risos e aplausos da macacada. Veadagem é doença pegajosa.

Zaquete se aproximou de mim e murmurou: melhor a gente ir embora. A gente apanha gabiroba no caminho. Ou cagaitas. Quando fui pegar minhas roupas, Geraldo havia lançado as cuecas na correnteza. A frescura foi-se embora, malandro. E arrematou com raiva: cagão!

Retirei-me sem glória. Matutava coisas. Levei o dia nos dissabores. Apanhei laranjas, o canivete estava cego. Precisava amolá-lo melhor. Onde haveria um esmeril ou uma pedra de amolar? Jáder, que se agrupara agora, me indicou a pedra lisa no quintal de seu avô. Quedei-me ali afiando a lâmina.

O dia acabou sem esplendores. Menos a notícia geral de que Diva, a filha do deputado, tinha chegado. Era jeitosa, magra e bela. Eu a achava bela demais, rica demais e simples demais para todo mundo. Figura nova na praça. Não consegui impor-me a ela, que já conhecia cada um pelo nome. Senti-me tímido e apavorado. O rosto de lua cheia me seduzia. Aumentava o sorriso magnífico. Mas foram logo me enquadrando no real: veio morar aqui, namora o Lúcio, aquele grandão, filho do fazendeiro Melico. Tá bom, eu disse sem interesse no assunto.

Rumei para casa. Mordia-me a cena do Poço. Aquilo me queimava por dentro. Preciso voltar lá, pensei.

No dia seguinte, quis arrebanhar Dagô, Jáder e Zaquete, assim formaríamos um grupo. Se desse confusão, eu teria aliados. Mas, qual! Sobrou de novo Zaquete, mas este, no meio do caminho, quis escapar do Poço. Trazia um embornal nas mãos. Dizem que, depois da cerca, tá assim – e sacudia as mãos e a sacola – tá assim de jambos e cagaitas. Acabei por aderir a seu chamado. Juntamos um monte de frutas várias e fomos para a praia do Poço.

Não passou muito tempo, lá vinha o grupo do Geraldo com algazarras. Olhem lá, minha gente, o veadinho voltou!

Num repente, Nico Zarolho abraçou algumas de minhas frutas e foi jogando ao grupo. Laerte? Toma! E Laerte, em pose de goleiro, catava o jambo no ar. Gumercindo? Lá se foi a cagaita. Juquita? Outra fruta. Tudo ritmado com gritos, vivas, aplausos. Geraldo, frio, se aproximou: neguinho, posso? e chutou o resto de meus pertences. Posso? E vibrando os músculos do braço: vai uma briguinha? E me mostrando uma goiaba, já nas suas mãos: venha cear conosco, branquelo. Espere aí, eu disse, acariciando de leve a lâmina do canivete aberto no meu bolso. Momentinho, só, companheiro, eu disse. Vem, seu fedorento, me replicou. Vem. Eu, aos poucos, estudando, de olhos no chão, como é meu costume de andar: essa goiaba acho que você tem que me devolver... Ele sorria e virando-se para os outros: a cabritinha vem pegar grelinho na mão, minha gente. É cabritinha ensinada.

Eu me movia em câmera lenta. Zaquete sumira, creio que de medo. Ou para chamar os nossos companheiros. Vem pastar, cabritinha! Um momento, propus. Acheguei-me rente a ele e num toque veloz, de primeira, ligeiro e forte, enterrei-lhe o canivete na barriga. E puxei a lâmina para cima. Silêncio absoluto dos viventes. Esta é para a sobremesa, seu filho-da-puta. E voltei a mover a lâmina.

IVETTE BRANDALISE

A DESCOBERTA

Ivette Brandalise
Videira (SC)

Cursou Jornalismo e Ciências Sociais na UFRGS, e Psicologia na PUC-RS. Atriz, teve participação no Teatro Universitário e no Teatro de Equipe. Como jornalista, trabalhou em diversos órgãos da imprensa gaúcha, período em que também foi cronista, inclusive para emissoras de rádio. Atualmente, mantém programas no rádio e na TV. Reside em Porto Alegre.

— Que mulherão, vó!
— Quem, filha?
— Tu, vó, como tu eras bonita!

A neta revirava a caixa de fotos vasculhando um passado esquecido na última prateleira do armário do escritório.

— Aqui, aqui tu estás linda.

Linda ela, imagina! Linda era sua irmã, Marília. Beleza reverenciada na família, no clube, no bairro.

Nunca ninguém disse que Lorena era feia, mas para sua mãe, com a concordância de todos os parentes.

— Esta, pelo menos, saiu inteligente.

E a inteligente mergulhou nos livros, convencida de que a inteligência compensa a falta de beleza. Mais: beleza e inteligência nunca andam juntas. E até gostou. Podia estudar e inclusive se divertir sem nenhuma preocupação com disputas de beleza, mesmo porque, na faculdade, a beleza parecia exclusiva de Jussara, que conhecia todos os efeitos que podia tirar de seus olhos verdes.

— Olha aqui, tu eras a mais bonita da turma. Quem foi que disse que a Jussara era mais bonita do que tu?

Ninguém disse, todo mundo sabia. E isso não parecia incomodar Lorena. Importante era continuar estudando, fazer carreira, vencer a barreira do mestrado, do doutorado, passar no concurso, conseguir a cátedra, angariar prestígio e credibilidade no mundo acadêmico. Importante era aquele emprego garantido e a vida sem sobressaltos com o marido, colega de magistério, e os filhos, nem bonitos nem feios, mas sadios e também inteligentes. Importante era a família reunida nos almoços de domingo, as férias tranqüilas naquela casinha simples e agradável de Pinhal, uma viagem de vez em quando. E a aposentadoria assegurada.

A neta seguia enchendo o espaço de exclamações, descobrindo beleza onde não havia. E foram tantos os ohohohohoh que Lorena parou, pelo prazer de ouvi-los.

– Olha esta da festa de aniversário da tua mãe – mostrou a neta. – E esta. E esta. E que corpaço, vó, tu devias enlouquecer os rapazes da tua época.

Sorriu enternecida pelo afeto capaz de criar tanta beleza. Aceitou o convite e, com a neta, foi passear pelo seu passado. Não havia muitos registros. As fotos de que ela gostava estavam nos porta-retratos espalhados pela casa. Filhos, netos, netos, filhos. O pouco que tinha de seu estava ali, naquela caixa.

Apanhou a primeira que a neta lhe entregava. E a segunda. E a terceira. E mais. E todas as que havia. Examinou uma a uma com aquele olhar crítico com que analisava os textos dos seus alunos. As fotos mostravam realmente uma mulher interessante. Rosto marcado, boca bem desenhada, olhos grandes, cabelos caindo macios. Uma mulher interessante, como ela gostaria de ter sido. Olhou de novo. E outra vez. Era ela.

Sim, era ela. Perdida no tempo ressurgia agora aquela mulher com a grande novidade: uma beleza ignorada.

Mas como é que se pode ignorar a própria imagem? Que fatores podem ter alterado ou deformado a figura que ela encontrava no espelho, dia após dia, ano após ano?

É evidente que usava espelhos. Sempre fora cuidadosa com sua pele, com seus cabelos, com seu corpo. Sempre tivera a preocupação de não agredir os outros mostrando desleixo. A base, o rímel e o batom sempre estiveram presentes, como se fizessem parte de sua higiene pessoal.

Mas com que olhos se olhava? Com os olhos da mãe? Com olhos que não tinham a ternura da neta, que lhe permitia agora a grande descoberta, o grande espanto.

E como teria sido sua vida se tivesse tido consciência de sua beleza? Os caminhos seriam outros, as escolhas, diferentes? Nunca ficaria sabendo. E também, não importava. O importante era sua vida tranqüila, seu emprego, sua família.

Mas à noite, quando se preparava para dormir, não resistiu à analise da imagem refletida no espelho. Lá estava o mesmo rosto e o mesmo corpo de ontem, velhos conhecidos. As rugas já acentuadas, os cantos da boca caídos, o corpo flácido. Não era mais a mulher das fotos.

Ela tinha sido uma mulher bonita.

Tinha sido.

IVO BENDER

CAMPOS DE SANTA MARIA DO EGITO

Ivo Bender
São Leopoldo (RS), 1938

Dramaturgo, doutor em Teoria da Literatura pela PUC-RS, professor aposentado do Departamento de Arte Dramática da UFRGS, foi membro do Conselho Estadual de Cultura do RS no período 1998-2000. Peças de sua autoria já foram encenadas nos Estados Unidos (Indianápolis) e em Portugal (Lisboa), e radiofonizadas na Alemanha pela Deutsche Welle. Em 2002, pela peça Mulheres mix, *recebeu o prêmio Açorianos, atribuído pela Prefeitura Municipal de Porto Alegre. Suas peças, na maioria, foram publicadas em livro. Reside em Porto Alegre.*

Lá para o noroeste do estado, entre Cará-mirim e Caibaté, corre um rio profundo, estreito e vagaroso. Com algumas boas braçadas, pode-se passar de uma margem à outra em poucos minutos. Isso, naturalmente, se o sujeito for um bom nadador, pois aquelas águas são traiçoeiras e, pelo que dizem, não foram poucos os que desapareceram em seus remoinhos. Rio do Corpo é como uns o chamam. Outros dizem arroio do Corpo. Há divergências na classificação do curso d'água, se arroio ou se rio. Também não há concordância quanto ao nome do rio-arroio. Uns afirmam que, de fato, o verdadeiro nome é rio do Corso, alusão a um bandoleiro – o Corso – que, com seu grupo, assaltava propriedades na região, ao final do século XIX. Esse tal Corso fazia suas incursões quando informado de que os homens das granjas ou estâncias se encontravam ausentes. Chegava com seu bando no meio da noite e partia antes do amanhecer levando consigo o que pudesse roubar.

Outros, raros, insistem que o nome legítimo do rio é arroio do Corvo, isso por causa da ave ali existente, outrora, em grandes bandos. E alguns não explicam nem especulam. Consideram que rio ou arroio do Corvo soa tão bem quanto arroio ou rio do Corso. Mas, sempre que precisam referi-lo, chamam-no de arroio do Corpo.

Nunca se ouviu dizer que os campos cortados pelo rio-arroio fossem lá muito férteis. Até pelo contrário. Mesmo assim, a criação de ovinos ou de gado sustentou por muito tempo algumas famílias da região e até lhes assegurou uma relativa riqueza, embora, a partir da década de 1970, sob orientação e incentivo de agrônomos e bancos oficiais, a *plantation* tenha substituído a pecuária. A mudança na economia trouxe consigo a miséria e a urgente necessidade de migrar para os que tinham pouca terra e a venderam, a preço vil, para negociantes de fora.

O viajante que, ao se deslocar pela região, acostumou a vista ao crespo verdor da soja fica surpreso com uma outra paisagem quando se aproxima do rio. Nessas imediações, a soja vai rareando e o capim, bem como qualquer touceira verde, seja cardo-santo ou barba-de-bode, é tragado pela desertificação. Começando às margens da água, as leves ondulações de areia cintilante se estendem por uma boa extensão terra adentro. Depois, cedem lugar a um solo vermelho, menos avaro, e as plantações passam a dominar.

Técnicos de uma universidade regional explicam o surgimento do lençol arenoso. Afirmam que o desmatamento e a monocultura teriam sido responsáveis pela formação do deserto e, assim, desqualificam a explicação dada pelos moradores. Esses fazem recuar, à década de 1890, os primeiros sinais das areias. E, fato inusitado, embora nenhuma medida tenha sido tomada para conter o avanço do areal, o fenômeno permanece circunscrito às margens e proximidades do rio.

Os proprietários que resistiram às ofertas de compra e que, de um modo ou de outro, conseguiram sobreviver à nova cultura pertencem a famílias ali estabelecidas num passado já sem data. Todas têm um bisavô, que sabia das lendas e assombrações do lugar, uma velha madrinha, conhecedora de rezas fortes, ou um tio-avô, testemunha de chacinas, numa dessas revoluções que sacudiram a província. Pelo que contam, a desertificação se deu a partir de um outro acontecimento. Ingênua e supersticiosa, a narrativa refere uma certa Maria Egídia, viúva bonita que teria o nome, desde o início, ligado ao areal.

Filha de bugra com branco, conhecedora de ervas e ungüentos, era a única parteira naqueles confins. Sabia também extrair um projétil encravado num músculo sem matar de dor o ferido, e – para o respeitoso espanto de muitos – tinha certo conhecimento de cirurgia. Para operar, anestesiava a carne a ser aberta com o sumo de cascas e raízes maceradas. Por isso, era sempre vista como um anjo benfazejo onde quer que houvesse estropiados ou feridos de guerra. E, prosseguem, Maria Egídia havia sido chamada para atender feridos, num acampamento, algumas léguas campo adentro, do outro lado do rio. O comandante do grupo sabia da curandeira e, na ausência de um médico maragato, mandou um de seus homens solicitar os préstimos da mulher. Mais afeita a ouvir do que a falar, ela prometeu, sem mais indagações, fazer o favor que lhe pediam:

– Diga que manhã cedo vou lá.

O homem explica:

– Depois de cruzar o arroio, umas poucas léguas sempre em frente.

– Eu acho o acampamento – ela o tranqüiliza.

– Vosmecê tome este dinheiro para a balsa; é o tenente que le envia.

E aqui termina, pelo que contam, a conversa entre a mulher e o enviado.

Na manhã seguinte, mal clareava o horizonte, Maria Egídia encilha o cavalo e leva consigo sua pequena arca de cedro com alguns petrechos de ferro afiado, uma garrafa de arnica em infusão, uns rolos de linho e um tanto de aguardente. Pelo meio da manhã, ela deve ter chegado às margens do rio, no lugar onde a balsa aguarda os viajantes.

A partir daí, seus rastros se perdem. O cavalo foi encontrado no dia seguinte junto a uma timbaúba de sombra rala. E um peão de uma estância próxima, ao conduzir um novilho para ser carneado no bivaque, tinha visto a mulher, na margem oposta, conversando com os dois balseiros, foi o que afirmou sob juramento. Com a informação, o tenente, mais alguns comandados, lhes saiu à procura. Os dois estavam por ali, à beira da água, esperando por quem precisasse atravessar o rio.

No acampamento, o interrogatório não levou mais que umas poucas horas e, ao entardecer, os assassinos já tinham confessado: era mulher muito da bonita, seu tenente; eu, longe da minha vai pra mais de ano; e eu, sem nem conhecer mulher; foi malineza do diabo soprada no ouvido da gente; ela 'tava ali, querendo passar pro outro lado da água; nós dois com sede por fêmea; foi então que aconteceu; uma leva de sangue ferveu e se derramou dentro da carne; e na cabeça, tenente, na cabeça zunia um temporal; não se falou nada e nada foi planeado; num de repente, 'garrei ela por de atrás e ele, aí, pegou nela assim.

O tenente ainda perguntou se estavam bêbados na hora do crime. Não, nenhum dos dois tinha bebido, estavam mesmo era com sede por fêmea, repetiram. Meio tocados pelo álcool estavam agora, sim senhor, pois tinham terminado com um litro de aguardente. Antes de serem degolados, os dois ainda informaram terem dado sumiço ao corpo sepultando-o, em cova rasa, ali perto, junto a uma coxilha marcada por velho e nodoso camboatá.

As buscas pelo corpo de Maria Egídia deram em nada. O tenente, movido por um secreto sentimento, mais superstição do que piedade, mandou cavar a terra recém-revolvida, próxima à árvore indicada. Encontraram, malcobertas, roupas de mulher, algumas rasgadas comprovando ter havido luta entre a vítima e seus atacantes. Foram encontrados também alguns potes de grés contendo pomadas e ungüentos. E nada mais foi achado. Os campos em derredor foram vasculhados e praticamente varridos na busca de uma segunda cova, há pouco aberta. Os poucos capões de mato das imediações também foram, como se diz, virados do avesso. Mas, nada. O próprio arroio foi investigado. Tudo inútil.

A pressa e o zelo na aplicação da justiça determinaram, pois, que os acontecimentos não tivessem seu fecho: mortos os assassinos, perdeu-se a possibilidade de mais informações sobre o crime e a ocultação do cadáver. A partir daí começa a circular a hipótese meio mágica de que o corpo fôra ciosamente guardado pelo rio-arroio, o que levou, possivelmente, os moradores das redondezas a acrescentar aos nomes já existentes – Corvo e Corso – a denominação de arroio do Corpo.

É dessa mesma época, portanto do ano em que aconteceu o estupro e a morte da mestiça, o surgimento e o avanço das areias. Findo o verão e terminada a seca que flagelou a província ao final daquele século, as chuvas voltaram, mas a erva crestada ali não tornou a verdejar. O solo permaneceu inerme, como que golpeado de morte. A tênue capa fértil que o cobria aos poucos deu lugar à areia brilhante e reverberadora. O deserto que subjazia aflorou, por fim.

Tempos depois, um pároco da comarca associou o lugar, a paisagem, a paixão e o nome da morta à Santa Maria Egipcíaca. Foi numa fala, num ofício de pentecostes, que o sacerdote evocou a lenda criada em torno de uma santa obscura que, em sua pobreza, fôra coagida a oferecer o próprio corpo para poder transpor um rio, no Egito. Na sua piedosa peregrinação, Egipcíaca não recuara sequer ante a luxúria de um barqueiro para cumprir os desígnios divinos. É que Deus escreve certo por linhas tortas, pensaram aqueles fiéis mais dados a matutar. Seguiram-se as naturais associações: o rio, a balsa e seus condutores, a sexualidade brutal dos dois homens, o solo quente do Egito e as estéreis areias que começavam a avançar. Havia, sim, claras diferenças entre os dois fatos – Maria Egipcíaca entregara-se a um estranho e seguira em sua rota; Maria Egídia fôra estrangulada após a violação, o corpo sumira para sempre e sua memória apenas secretamente recebia uma silenciosa devoção. Foi, porém, ao andar vagaroso do tempo e, como sucede em tais casos, sem que as autoridades nem os moradores se dessem conta, que a região entre Cará-Mirim e Caibaté passou a ser conhecida por Campos de Santa Maria do Egito.

JACOB KLINTOWITZ

A HISTÓRIA DO DR. SAMUEL

Jacob Klintowitz
Porto Alegre (RS), 1941

Crítico de artes plásticas e ensaísta, manteve coluna diária em jornais do Rio de Janeiro e de São Paulo e foi redator e crítico de arte em revistas de circulação nacional e emissoras de televisão. Curador de diversas mostras no Brasil e no exterior, recebeu duas vezes o prêmio Gonzaga Duque, atribuído pela Associação Brasileira de Críticos de Arte, por sua intensa atuação na área em que se especializou. É autor de mais de uma centena de livros. Reside em São Paulo.

O dr. Samuel Beckerman, que em existência anterior fora um iniciado oriental, sentou-se à mesa para escrever a história de um escritor que relatava a história de um americano que partira em busca da verdade.

Após muitos anos, o americano finalmente chegou ao sopé de uma montanha no Tibete. Esperou sete frações, sete segundos, sete minutos, sete horas, sete dias, sete meses. Houve, igualmente, sete anos de jejum de carne. Enfim o americano chegou a uma caverna e foi recebido por sete discípulos que o levaram por sete salões até encontrar o Mestre, que ergueu uma ânfora e disse:

– Meu filho, esta é a verdade.

O escritor escreveu sete vezes esta história de sete períodos. A cada vez mudou a ordem dos períodos.

O dr. Samuel Beckerman terminou de escrever a história do escritor que escrevia a história do americano, do Mestre e da ânfora, guardou os seus papéis e, por seu aspecto, não se poderia adivinhar os seus pensamentos.

A OBRA-PRIMA DESCONHECIDA

Todos acreditavam que José Cantoriedes era mansamente louco. Ano após ano, sentado na sua cadeira de rodas, José Cantoriedes ocupou-se em pintar uma única tela. Antes de dormir, José Cantoriedes cobria e guardava a tela. Ninguém ainda conseguira ver a superfície pintada e, por influência de uma prima letrada, os parentes apelidaram a tela de a obra-prima desconhecida.

José Cantoriedes demonstrava tal indiferença aos parentes que foi uma surpresa quando ele pareceu adotar a brincadeira e murmurou para si mesmo: "A minha obra, a minha obra".

Pouco depois deste episódio, encontraram o quarto vazio e a surpresa tornou-se maior ainda, José Cantoriedes e a sua obra-prima haviam desaparecido para sempre.

A FUNÇÃO

Na hora do sol poente ele levanta os telhados e contempla a vida humana. Ninguém o percebe. Ao sol poente, desde sempre, ele cumpre o seu ritual e já não sabe se é missão ou desejo. Ele levanta os telhados, contempla a vida humana e se pergunta quando terminará o seu martírio.

A ESTAÇÃO

A minha mulher e eu entramos no veículo dos mortos. As nossas poltronas são confortáveis e eu me distraio reconhecendo alguns passageiros. Apesar das janelas limpas e bem-cuidadas não consigo observar nada no exterior. Desembarcamos numa estação que me parece constituída de vários patamares. Ao caminhar me dou conta de que, durante a viagem, eu esquecera de todos e não tivera um só momento de ódio.

CRONOS

Isaac Dolsberg, que se ocupava com a história de sua família, encontrou a última página do diário de sua antepassada Clara Nikowsky, uma mulher lendária por ter permanecido imóvel durante vinte anos:

"...descobri, já bem madura, que o meu prazer é sempre duplo. O primeiro é, penso, igual ao de todo mundo. O segundo, mais intenso, é a recordação do primeiro. E, a cada vez, cresce mais o prazer de recordar. E, agora, eu já posso alterar os detalhes segundo a minha vontade. Quase não preciso mais que os fatos aconteçam, pois é possível recordar o que terei imaginado ou recordar a recordação..."

CRIATURA

Danielle escreveu a frase de seu personagem Carlos:
— O homem se orienta pelo Regulamento. Todas as ações humanas estão previstas pelo Regulamento, que é, portanto, infinito e não pode ser conhecido integralmente durante a vida humana. Todas as ações humanas estão determinadas pelo Regulamento. O Regulamento é insondável.

SALAMANDRA

A senhorita Arlete Palhetas ardeu como uma tocha até a sua morte. Ela foi levada ao suicídio pela senhora Josefa Posadas, movida por futilidade. Desde então, todos os dias, a senhora Josefa Posadas recebe um telefonema, e uma voz indaga enfaticamente:
— Senhora Josefa? Aqui é do Corpo de Bombeiros. Podemos, por acaso, ajudá-la?

JÚLIO CONTE

NASCIMENTO DE UMA PEDRA, O CONTO

Júlio Conte
Forqueta / Caxias do Sul (RS), 1955

Psicanalista, escritor, diretor de teatro e ator, tem uma reconhecida carreira como dramaturgo: Melhor Espetáculo e Melhor Diretor pela peça Não pensa muito que dói, *em 1982; Troféu Açorianos – prêmio Especial do Júri em 1983 por* Bailei na curva, *peça que também foi distinguida em 1985 com o prêmio Inacen-Minc Melhores do Ano; prêmio Quero-Quero, conferido pelo Sindicato dos Artistas em 1988, por* Pedro e a girafa; *prêmio Qorpo Santo de Dramaturgia Infantil, em 1979, por* Vamos brincar de apagar a luz; *prêmio Açorianos – Melhor Texto Teatral, em 1998, por* Se meu ponto G falasse; *e a mesma distinção em 2006 por* O rei da escória. *A peça* Bailei na curva *está em cartaz há 24 anos, com mais de mil apresentações, e em 1986 representou o Brasil no Festival Internacional de Expressão Ibérica, em Portugal (Porto), ao passo que* Se meu ponto G falasse *já ultrapassou setecentas representações. Reside em Porto Alegre.*

A história, como toda boa estória, deve começar com a dor. Existem várias dores no mundo. A dor de dente, a dor de corte, a dor da separação, a dor da despedida, a dor da frustração, a dor profunda, a dor superficial, a dor gostosa, a dor de parto...

– Ai, doutor, é muita contração! Dói demais! Chama o anestesista, pelo amor de Deus, alguém tira esta dor de mim. Uma alma caridosa, pelo amor de Deus, tira esta dor do meu corpo! Ai, vai nascer. Onde é que fica a sala de parto?

Tem noites que olho para o Pedro e fico imaginando a matéria no minuto da criação, no exato segundo que vira pensamento, quando a matéria vira sonho, quando a célula nutrida transcende o sangue e vira mente. Foi numa tarde preguiçosa, um verão de Porto Alegre, o paralelo 30 se combinou com a lua em Áries e conjugamos o verbo no imperfeito. Caminhamos, eu e ele, pela praça entre a penumbra das árvores. O parque se oferecia abstruso enquanto a lua cheia dourava nossos sonhos. Éramos belos e saudáveis. Enquanto isso, ele, o fatível, se desenhava. Pensem no silêncio da pedra, na inércia da célula, o limiar da possibilidade antes do tudo. Depois da caminhada, nós quase deitados no chão da sala, frente o fulgor da janela noturna, antes de tudo existia já o nada, um sangue provável, um sêmen inconseqüente, pedaço de água lunar jorrado, inseminado dentro de outro corpo, da pêra uterina, vermelha e madura.

    Lá de dentro daquele universo de plasmas, líquidos suculentos, bem no centro do miasma milenar, o ovo começa a pensar. Percebe o arfar vindo de fora, espasmos, a penetração regular, os vagidos úmidos de um mundo em êxtase. A célula, ainda pedra, estática aguarda o encontro, o momento convulsivo em que a larva do vulcão arromba a crosta e deságua num mundo de incertezas. O primeiro segundo em que a pedra ganha vida, o sopro de Deus, o dedo de Adão que Da Vinci pintou na Capela Cistina, o momento do indizível. Átimo inaugural. Ali, ele e eu. E ele eu passei a ser. E comecei a sentir, como pedra sou, pedra serei, aquilo que todos esquecem. O arfar diminuindo, um calor que arrefece e um baque, um corpo que se afasta de outro, mas já não são mais dois, eu existo, e para sempre existirei, célula pétrea, amarelo piscante, semáforo, trabalho na esquina, encruzilhada de destinos. Aconchegado na umidade de Deus Pai Nosso Senhor, e no manto da Santa, virei carne. Sangue percorreu o embrião de mim mesmo, circunvulso, me desdobrei em membranas e folhetos que se diferenciaram sem perder nunca o caráter de granito, o calhau frio do pedregulho, sem deixar para trás minha origem. Pétrea. No sétimo dia aconteceu um problema, Deus descansou. Foi um instante de desatenção divina. E nesse dia uma pequena membrana que deveria recobrir o cérebro não cumpriu seu papel, como um ator que esquece a fala, o delicado retículo não se dobrou sobre si e deixou exposta uma massa de neurônio assustados e sem liderança onde o som e o silêncio se indiferenciaram, a luz não se separou das trevas, nem o caldo primordial gerou o coacervado, onde a

pedra não virou carne. Um momento demoníaco e mágico, eu me imagino ali no teu lugar, sempre ali, num mundo transiente, num mundo volátil e tu ali pedra e pedro e sobre ti construí a minha igreja, pedro missioneiro, pequeno deus errante, pedaço de uma canção inacabada. Canto teu elemento singular e monótono.
— Ai! Vai nascer! Não acredito, vai nascer. Completou a dilatação, doutor? Por favor, diz que sim. Mas então por que ele não desce! Por que ele não nasce? Nasce meu bebê, sai de mim, sai de dentro de mim, pode nascer, estou soltando a tua mão, estou te dando para o mundo, passamos estes meses no nosso diálogo embrionário, nossa exclusividade. Chegou ao fim esta linguagem. A hora é outra, é hora de eu te dar para o mundo. Vem meu anjo, vem meu sonho, vem meu desejo, vem meu nome, vem... Ai!
Uma noite, quando o trágico se desenhava na carne sem que soubéssemos, pequeno bebê em seu leito de agitação trafegava em seus dias inaugurais, eu acordei chorando. Um choro convulso, sem saída, não podia estar acontecendo o que acontecia. Não podia aquela criatura fruto de duas pessoas saudáveis e belas, realização de um sonho, tornar-se fruta sem futuro. Incrédulo chorava. Eram tempos em que o amor deslizava pelos países eróticos, em que cada toque era uma erupção de líquidos. Um simples beijo provocava deságues e ereções. O olhar era pleno de ternura e acalentava as manhãs de sol no Menino Deus que Caetano cantou. Eu, convulso, não suportei, e o choro é meu presente, meu passado e meu futuro. Inadmissível, um tempo estanque que me devolve sistematicamente, como um processo científico, para o mesmo lugar, um ridículo círculo perfeito. Estanquei no momento e chorei para nunca mais parar de chorar. Quem olha para mim não vê as lágrimas, não vê os soluços, não vê o desespero, mas ele está sempre presente,

parceiro oculto, a morte amiga, sempre na espreita, sempre alerta, uma sombra que me acompanha. Sou um mar de lágrimas secas, evaporadas pelo tempo, pelo calor e pelas convenções. Quem olha assim não vê a dor, usucapião, a dor, interstício, a dor, febre sem temperatura, a dor, fome insaciável, a dor, morte lenta. A dor, a dor, a dor. Ai! Ai! Ai!

Por um momento, um contraplano, um pensamento reverso e agora, por um instante, eu sou ele. O pai, o que foge. O São José de Botticelli, um São José triste, figura decorativa, menos importante do que o burrico ou a vaca neste simulacro de presépio. O que observa os olhares da mãe para o filho e do filho para a mãe. Aquele que inveja a ternura do encontro sem nome. Que baixa os olhos frente ao milagre, ele é aquele que não vê. Eu, o resignado. O pensamento esvai num gemido. Volto.

Eu, a Mãe, aqui estou e aqui vi. Eu, presa nesta rede de repetições, eu mesma nunca eu. O olho que atravessa o tempo. Tudo e nada vê. Mas se aqui vim, aqui cheguei de um trajeto mórbido e cheio de vida e morte, aqui fiquei para esta história contar.

LIBERATO VIEIRA DA CUNHA

DO OBJETO INDIRETO

Liberato Vieira da Cunha
Cachoeira do Sul (RS), 1945

Romancista, jornalista que se especializou na Alemanha e bacharel em Direito, milita há muitos anos na imprensa gaúcha como colunista e foi correspondente internacional na Alemanha e nos Estados Unidos. Obteve inúmeras distinções nas áreas do jornalismo e da literatura, entre elas os prêmios Erico Verissimo, Açorianos, Norton e da Sociedad Interamericana de Prensa, a par do grau de Chevalier des Arts et des Lettres *da República Francesa. Tem vários livros publicados. Tem textos traduzidos na América Latina, na Alemanha e na França. Reside em Porto Alegre.*

Ao vê-lo à saída da faculdade de Letras, na companhia de seu jeito acanhado, algo parou dentro dela, talvez o coração, quem sabe toda a força que vinha reunindo para não querê-lo.

E assim tomada desse enleio, ela se percebeu junto a ele, beijando-o, caminhando a seu lado, não tão próxima quanto gostaria, pela calçada do parque. As vozes de suas amigas, o troar do trânsito de meio-dia, povoado de bondes, o pregão do vendedor de algodão-doce, nada disso ouvia, senão os sons silentes da ânsia de tê-lo, de acariciá-lo longamente, de um enternecimento fundo e bom que percorria seu corpo jovem.

Como pude não querê-lo, eu que neste instante o quero inteiro, eu que nada mais quero do que raptá-lo para um jardim escondido deste parque e, nua e sua, seduzi-lo, livremente escrava de cada desejo meu?

Mas não se respondeu porque notou de súbito que ele estava mais sério do que usava e um pouco mais tímido; e que arrumava os óculos a espaços, com o mesmo tenso cuidado com que escolhia as palavras.

E então ela se deu conta de que havia qualquer coisa fatal e indefinida em suas frases estudadas; e quase sorriu pensando que provavelmente as treinara em frente ao espelho, como na noite do discurso de formatura do Clássico.

Era um discurso, temeu, e ela a única platéia? De novo não se respondeu, prestava atenção enfim nas orações subordinadas e coordenadas, no sujeito, o predicado, o objeto infinitamente indireto.

Sou eu o objeto, sentiu, enquanto seu coração se retraía e lhe voltava, perplexa, toda a força que vinha reunindo para não querê-lo. E por se achar ainda sujeita a essa força, e ainda leve, fragilmente coordenada, não esperou que terminasse.

Pousou a mão em seus lábios, calando-os.

Contemplou-o por um momento, buscando parecer serena, buscando parecer que não o amava como nunca amaria ninguém, e se foi.

No bar da quadra oposta, um homem arrumou os óculos e sem ter de escolher palavras ordenou mais uma dose. Observou o rapaz calado e só na calçada do parque, mas aí passou um bonde, daqueles que já há tanto não havia.

MARCELO BACKES

A HISTÓRIA DO TOZ

Marcelo Backes
Campina das Missões (RS), 1973

Escritor, tradutor e crítico literário, é Mestre em Literatura Brasileira pela UFRGS e doutourou-se em Germanística e Romanística pela Universidade de Freiburg, na Alemanha, onde sua tese foi publicada em 2004. No período 2003/5, lecionou Tradução e Literatura Brasileira na Albert-Ludwigs-Universität, em Freiburg. Conferencista e crítico atuante, é colaborador de diversos jornais e revistas do país e tem vários livros publicados. Reside no Rio de Janeiro.

— **D**esta vez o Toz se enforcou de verdade!

O Lautério avisou e já foi ligando a moto de novo pra chamar o resto da vizinhança, a fim de procurarem o morto.

Eu, ainda atordoado depois de sestear comprido, me mandei direto pro galpão da vítima a ver se encontrava a corda de embrochar os bois. Só vi a canga, solitária, em cima da carroça coberta de palha. Os bois pastavam perto e não me disseram nada. As angolistas, se é que disseram algo com o alvoroço, não se fizeram entender. Será que o Toz tinha mesmo se enforcado?

Triste, a história do Toz, que ninguém mais sabia que um dia se chamara Protásio, na pia batismal; a aférese alemanizada do nome pegou como cadilho em rabo de matungo. Quase quarenta e ainda solteirão numa terra em que os normais se casavam aos vinte! Pior era a comunidade inteira se achando no direito de dar opinião pra tentar desencalhar o homem, especulando candidatas em qualquer canto onde um rabo-de-saia sem dono ameaçava ir mostrando as fuças. A Tila, que era Bertila, pena, se mudara pra Dois Irmãos, seguindo o caminho das cinco irmãs do Toz e de mais da metade dos moradores de Anharetã. O Toz, que também estava desesperado com a solteirice, até já havia convidado meio mundo pro casamento, discutido a missa com o padre e engordado um boizinho pra carnear pra festa. Só a noiva é que não sabia de nada, e solucionou o caso fugindo pra cidade calçadista, a fim de engordar o exército de reserva das fábricas em crise depois da queda do dólar.

E fora a Tila, quem havia? A Mirtes lamentavelmente já passara da idade em que as mulheres ainda são mulheres, e a Cledir era ainda mais pobre, ainda mais feia e ainda mais boba do que o Toz; nem pra parideira dava, tanto lhe faltava o tutano. Até eu cheguei a campear nas redondezas em busca de uma casadoira pro Toz, e nada. O interior! O que menos sobrou na pequena propriedade rural da região missioneira foram mulheres. Além dos velhos que por lá morreriam, ficou só algum rapaz ingênuo e teimoso, decidido a tocar a chácara utópica dos pais adiante. O Toz e eu éramos duas exceções; mas vamos me deixar de lado e falemos do Toz, até porque eu sou um caso à parte e ademais não fiquei, apenas voltei depois das pendengas na capital.

No ano passado, ainda por cima, o pai do Toz morrera vítima de raio, deixando de herança o rancho em tapera, quatro hectares de terra, pura laje e cerro, e umas dívidas no bolicho do Teodoro. Pobre do Toz, solito com a mãe velha e o destino ancestral, começou a fazer o que todos em Anharetã faziam: beber, beber pra esquecer, depois beber pra esquecer que bebeu e em seguida beber de novo. Quantas vezes o vi sentado no bolicho, empinando um martelinho atrás do outro, depois de receber os quinze reais da diária que eu lhe pagava pra capinar a roça onde eu plantaria os pés de azeitona que me deram causa e razão pra viver na volta ao interior!

Mas não é que de repente, há questão de três meses, o Toz aparecera com uma namorada, broto no vigor dos dezesseis, recém-mudada pro lugar, citadina nos modos e, por incrível que pareça, bonita? Até eu estiquei meus olhos pra morenice da potranca, a matéria era escassa naqueles pagos. Mas depois desviei a vontade, decidido que estava a deixar quietos meus lobos álmicos depois da volta. Não, eu não queria mais enfrentar processos como o último, quando fui obrigado a ver a mãe chorando acusadoramente – depois de a filha ainda jovem ter dito sim em juízo, sim, ela disse sim, e aos catorze uma mulher já sabe dizer sim, me defendi – em meio a um tribunal lotado pelo interesse da imprensa. Acossado pelos parentes da menina, não consegui conviver com a perseguição cotidiana dos parasitas do microfone na capital, e decidi voltar à querência abandonada há tanto, a fim de isolar minhas ânsias no potreiro sem chances da colônia pobre das missões.

Pois não é que a Doroti parecia loucamente apaixonada pelo Toz? Ela até afagava as esculhambações que a natureza fizera no rosto do vivente antes do culto dominical – e mesmo durante, o que já era meio demais –, como a querer provar pra todo mundo que o amor que sentia era de verdade. E nos bailes, então? Não foi nem uma nem duas vezes que a vi arrastando o Toz pra pista de danças, enquanto ele forcejava pra conviver alguns minutos em harmonia com sua falta de jeito, esboçando um vanerão. A comunidade não sabia se ria gozando da cara dele ou se chorava de pena. Ou de emoção, já que ainda havia os que acreditavam no sentimento, apesar da dureza da vida. Eu, eu mesmo não alcançava o mistério daquele chamego e só não avancei de vereda na percanta porque senti o arame farpado da cerca que eu havia estendido à volta do meu cerne selvagem.

Enamorado, o Toz parou de beber, começou a levantar cedo, com o sol, e quando as galinhas iam dormir ainda estava no batente, dando pasto pros bois que acabara de livrar do arado, pra vê-los dispostos e prontos a acompanhá-lo no dia seguinte. Depois do arado viria a máquina de plantar soja, depois a foicinha da colheita, a trilhadeira, e os trocos felizes da moega do bolicho. Eu fiquei sem peão na época do plantio, e o Toz só descansava aos domingos, no colo da prenda.

Depois de dois meses de namoro o Toz, que jamais havia botado a língua no açúcar do mundo e apesar de escaldado com a bancarrota da Tila, decidiu de novo que era hora de se casar. Dessa vez perguntou primeiro, cheio de arreceios, e a Doroti disse sim.

Foi aí que a mãe do Toz, a velha Arsênia, encrencou. Se desde o princípio se mostrara avessa, emburrada, ela foi clara ao saber da notícia:

– Não, o Toz não se casa! Enquanto eu tivé viva o Toz não se casa! E se ele se casá com essa negrinha empiriquitada eu juro que me enforco.

"Churo que menforco", ela disse, no sotaque louro de alemoa. Em Anharetã o suicídio era coisa banal, assunto cotidiano. Eu mesmo considerei a possibilidade um punhado de vezes, pra aquietar meus lobos de uma vez por todas. Havia casos pra mais de metro no lugar e era difícil passar ano sem enterro pagão. A questão era tão comum que já havia teorias de domínio público, divulgadas nos arredores, inclusive. Quando alguém ameaçava se matar, ninguém mais dava bola. Conversa! Mas quando acusava o meio a ser usado, os vizinhos passavam a prestar atenção. E a corda era sempre o instrumento mais à mão, o mais barato, o mais discreto. Não fazia o barulho do tiro nem chamava a atenção do veneno pra rato comprado em quantia no bolicho do Teodoro; e não custava nada. Era só pegar a corda dos bois e achar um galho adequado, uma viga suficientemente forte.

E a corda não estava lá.

Quem vai capinar meu olival, quem vai cuidar dele quando as mudas de oliveira tiverem chegado, pegado e crescido? Depois de tanta banha de porco, umas dicas de saúde pública e um povo já interessado em herbalife e queijo savitas, um azeite de oliva faria sucesso na região. Fora a exportação! E o Toz era bom no braço, mais ou menos como um boi forte e obediente. E de confiança, apesar dos tragos, que agora largara, ainda por cima. Eu já havia até oferecido uma casinha pra ele morar com a Doroti, mas o Toz ultimamente estava tão animado que queria trabalhar na sua própria terrinha, fazer sua vida, solito com a prenda. E, de fato, ele já não precisava mais dos quinze reais urgentes da diária depois que parara de beber. O pronafinho era uma garantia e tanto, ele dizia, com a felicidade iluminando a bobeira desenhada de nascença em seu rosto.

Quando o Toz um dia tentou explicar mais estendidamente seu amor, a velha Arsênia bateu o pé e mostrou por A mais B que não ia perder o filho de jeito nenhum. E o Toz, desesperado, voltou a beber; em pouco já gastara na canha o que havia ganho adiantado no pronafinho. Aí voltara à vida dos bicos pra ter o suficiente pro trago, de tardinha. Eu o ajudei e a terra já estava pronta para a chegada das mudas.

– Quem vai se enforcá sô eu – o Toz esbravejava em altos brados depois do terceiro martelo.

Eu dizia que ele largasse a mãe e sua casa e aceitasse minha proposta, vindo morar com a Doroti na casinha que eu construiria pra ele cuidar do olival. O Toz me olhava desconfiado e respondia que também não podia largar a mãe velha e que moraria com a Doroti no casebre dos pais, como se fazia e era certo. E, chegando em casa, tentava mais uma vez convencer a mãe, que não queria nem saber da história e, depois de fazê-lo chorar, corria com afagos de toda ordem, dizendo que ia cuidar dele, que sempre cuidara muito bem dele.

Borracho, a Doroti fazia pouco do Toz, e não foram poucas as vezes em que ele já havia "pegado a corda" pra resolver o problema da existência de modo bem anharetense. Era assim a vida do Toz, agora; balançava entre a corda e a cachaça. Quando a Doroti apareceu na casa do Toz pra tentar convencê-lo a aceitar minha proposta, a velha a expulsou sem mais, gritando que fosse reinar no piquete de um touro vizinho. O Toz, envaretado, disse que ia fugir com a Doroti, e a velha garantiu mais uma vez que se enforcava ali mesmo. No berreiro armado, mãe e filho disputaram quem se enforcaria primeiro, enquanto a comunidade tentava botar panos quentes na balbúrdia dos dois. Mas não houve jeito. A coisa terminou com a mãe jurando que nunca mais olhava pra cara do Toz se ele não largasse a "cadelinha da cidade".

O caso se passara anteontem e desde ontem pela manhã nada do Toz.

E o Lautério, chamada a vizinhança, tentava afogar o berreiro da velha no grito:

– Vamo gente, vamo gente, cada um por um lado, a corda de embrochar os bois não está na carroça!

Já anoitecia. As vigas dos galpões da vizinhança foram todas vasculhadas. Nada e nada, e nada depois de nada. Eu enveredei por um atalho, alumiando árvore por árvore com o foque de caçar lebrão, à procura, espantando os pássaros que buscavam abrigo pra durante a noite.

Vou ter de encontrar alguém pra cuidar do olival, mas peão é o que não falta por aqui, e meus quinze reais são como torresmo em focinho de rato, nesse caso. Nenhum dos candidatos é casado com uma da categoria da Doroti, mas que fazer? Pena, estava tudo tão bem arranjado, e a Doroti até me olhara com uma curiosidade que eu sei muito bem que nada tinha de inocente quando encaminhei a proposta aos dois pela primeira vez. Depois do meio-dia, ela ainda fizera questão de mostrar seus préstimos na cozinha, lavando a louça e arrumando a casa, toda prendada. Aproveitar que ela ficaria sozinha eu não podia, dava demais na vista, e o pessoal já desconfiava da minha volta de solteirão, também pelo eco de alguma notícia vinda de longe. Quando me pediram pra ligar pra ela a ver se o Toz não estava por lá, ela derramou meio quilo de um mel cheio de mistério ao dizer "não, por quê?".

Noite mesmo, já escuro, duas horas de procura mais tarde, o Ataídes gritou, do alto do cerro do Gervásio, depois de dar um tiro de espingarda pro alto.

– Tá aqui o Toz, tá aqui o Toz!

O desespero foi geral e eu me lembrei de cara dos abacateiros plantados no lugar. Havia sido lá, pois, que o Toz tinha se pendurado. A velha Arsênia berrou até entrar em parafuso e desmaiou por fim; enquanto algumas mulheres a socorriam, as outras e todos os homens acorreram até o cerro do Gervásio e já encontraram o Ataídes debruçado sobre o Toz, camisa arremangada, foque ligado, batendo nas faces barbadas dele e gritando:

– Toz, vamo, Toz!

Estranhamente não estava roxo, o Toz; nem de língua de fora como todo o resto dos enforcados que eu tinha visto em Anharetã. Por isso mesmo eu jamais usaria uma corda, apesar do gozo garantido, segundo se dizia. E não é que o Toz também parecia ter se decidido a morrer bonito?

Foi aí que o Ataídes esclareceu que já o encontrara debaixo do abacateiro, mamado até a alma, o litro de cachaça Belinha vazio ao lado dele. As mulheres, embaixo, berraram em coro ao ver os homens descendo o cerro num cortejo macabro alumiado a foque, com o "corpo" alevantado sobre os ombros dos mais fortes. Mas o "corpo" ainda era o Toz, e não estava morto, conforme constatei pela pulsação no pescoço, animando a rodinha que logo se decidiu a levá-lo pra baixo.

A velha Arsênia não lograva dar as caras, chorando na despensa, e a Pedronila limpou o Toz, deitando-o na cama em seguida, enquanto todos esperavam pra ver se ele não acordava. Desistiram depois de meia hora. Fiquei apenas eu, de caminhoneta, pro caso de ser necessário levá-lo pro hospital. E quando o Toz percebeu que tudo ficara em silêncio, levantou a cabeça, passeou os olhos pelo quarto sem encontrar o que buscava e perguntou:

– Mãe, por que tu não veio me procurá tamém?

Quando perguntei o que havia acontecido, ele me olhou surpreso e voltou a desmaiar, sem dar mais um pio, enquanto a Doroti só agora entrava, esguia, se vindo pro meu lado com a corda nas mãos...

MIGUEL CASELLA DA COSTA FRANCO

NUNCA É DIA DE PERDER

Miguel Casella da Costa Franco
Roca Sales (RS), 1958

Engenheiro agrônomo e bancário, colaborador de suplementos literários e de sítios da Internet, já atuou também como argumentista e roteirista em filme de curta-metragem produzido pela Casa do Cinema de Porto Alegre. Em 1982, uma de suas crônicas foi premiada no 5º Concurso Sérgio Porto, em Brasília. Reside em Brasília.

Passava das dez quando entrei no salão: estava lotado. Por sorte, uma baixinha furiosa vinha trazendo pela gola um velhote de cara bexigosa, cobrindo-o de olha-aquis e já-se-vius. Peguei o lugar dele, meio perto da porta principal. Não gosto dali, mas era o único que havia.

– Deus me guarde duma mulher dessas! – confidenciou o cidadão de paletó xadrez sentado a minha frente.

Concordei de má vontade, apenas franzindo a testa. Não gosto de muita conversa quando estou no bingo. Funcionou: o homem desinteressou-se logo de mim.

Chamei a morena bunduda de uniforme e pedi uma cartela. Paguei-a em silêncio. O homem de xadrez concentrou-se na que tinha a sua frente, parecia conferir a soma dos números impressos em vermelho em cada linha. Ao fim, sorriu, confiante.

Eu, quieto, as mãos nos bolsos, a esquerda rodando a medalhinha que dona Dirce me dera. Aproveitei o intervalo para correr os olhos pelo salão. Os mesmos tipinhos de sempre, aposentados com suas roupas de sair, velhotas de sapatinho peluciado, solteironas excessivamente maquiadas, viúvos meio cinzentos, pobretões esperançosos, veados enrustidos, uns poucos casais de olhar desanimado, fumantes, fumantes, fumantes. E outros viciados como eu. Há vários meses vivo disso. Desde que bati pela segunda vez o táxi do seu Jorge e ele me despediu. Pode ser que a sorte venha da medalhinha que sua mulher me deu quando saí.

O microfone anuncia nova rodada: já era hora! Uma morena jambo, com um vistoso blusão branco de gola olímpica, sentada quatro mesas além, balança a franja e esfrega as mãos. Beijo minha cartela suavemente e ela esboça um sorriso. Leva um dedo aos lábios, beija-o e faz com ele o sinal-da-cruz sobre a sua. Depois, sorri outra vez, agora sem segurar-se, mostrando uns dentes brancos que alegram repentinamente sua face tristonha e seus olhos cavernosos.

Vinte e nove. Doze. Trinta e sete. Acompanho o desenrolar do jogo, os movimentos, os risos. Trinta e oito. Quarenta e dois. Oitenta e nove. Nenhuma pedra para mim até agora. Confiro a efígie do santo na medalhinha. Sete. Trinta e nove. Vinte e um. Esse me serve. Sessenta e três. Dezenove. Um. Marco outra vez a cartela. Sinto a tensão do ambiente, acompanho os olhares, os tiques. Não sei se o que me agrada mais é o jogo ou esse observar. A morena jambo parece estar indo bem. O homem do paletó xadrez resmunga, impaciente. Setenta e sete. Treze. Quarenta e três. Dezoito. O ar pesado de fumaça me enjoa. Me abate um tédio mortal. Resolvo brincar com os números para exercitar a mente, como alguém me recomendara um dia. Oito... *vezes miou o gato*, completo em pensamento. Vinte e seis... *chineses galopando na campina*. Catorze... *horas queria dormir*, sigo eu.

– Bingo! – grita uma voz ao longe.

Mil e dez reais de prêmio, mas não foi dos meus. Preciso começar de novo. E recomeço. E vou marcando e vou catalogando na memória os vencedores. Flerto com a morena jambo, lanço outras sementes para todos os lados. Faço um tipo bonitão, agrado as donas.

Sigo jogando e sigo perdendo. Não é o meu dia. Seco a segunda caipira e nada. Mas sei quase todos que ganharam. Vinte e sete (*panos tem o teu vestido*) e a morena jambo grita bingo. Comemora com todos em sua mesa. Brinda com cerveja. Beija a cartela olhando acintosamente para mim. Ergo para ela meu copo com restolhos de limão e açúcar e bebo um pouco daquela calda morna em sua homenagem. Ela sorri, oitocentos reais mais rica. Levanto e me dirijo ao bar.

– Dia de perder? – pergunta o *barman*.

– Nunca é dia de perder! – devolvo eu, resoluto.

A medalhinha de dona Dirce já não resiste aos meus dedos insistentes. São Cristóvão, protetor dos motoristas, já está meio caolho.

Volto ao salão e procuro lugar junto aos vencedores.

Vejo um assento vago, ao lado da velha de cabelo azul. Dirijo-me para lá mas, por azar, ela se levanta assim que eu sento. Ela e suas amigas todas. A sorte hoje não quer nada comigo, penso.

Fico sozinho na mesa e cruzo meu olhar abandonado com os olhos tristonhos da morena jambo. Convido-a a sentar-se comigo com um movimento do copo e vejo-a erguer-se em câmera lenta (ou seriam meus olhos?) e mover-se vagarosa em minha direção, um casaco nos ombros, uma cerveja aberta e um copo inacabado nas mãos. Senta-se comigo, deposita o casaco na cadeira ao lado, depois de sacar dele um cigarro meio amassado. Acende-o e pergunta, só depois, se isso me incomoda. Faço que não com a cabeça e ergo-lhe um brinde com minha caipira. Gosto quando ela sorri.

Vinte e sete (*luas eu já vi nascer*), canta outra vez a voz feminina ao microfone, recomeçando a jogatina.

— Esse número hoje me sai em todas! – ouço-a dizer.

— Também tenho – digo-lhe eu, uns olhos ridículos postos timidamente nos dela.

Quarenta e oito, trinta e dois, dezessete. Peço a ela a intimidade de uma tragada e adivinho a maciez de seus lábios no calor úmido do cigarro que ela me oferece. Depois devolvo-o aos seus lábios carnudos e ela o suga sofregamente. Acaricio seu rosto e ela me lembra que deixei de marcar o dezenove, cantado ainda há pouquinho.

Doze (*espelhos quebrados pelo temporal*). Trinta e sete (*lajotas frouxas no passeio*). Quarenta e um (*ladrões de bicicleta*). Vinte e três (*vinténs no teu bolsinho*). Bebo minha caipira aos golões para me animar. Oitenta. Quarenta. Cinquenta e um. Vejo-a tamborilar com os dedos na mesa e decido acalmá-la com um carinho suave. Ela não o repele. Gosta. Sessenta e três. Sete. Trinta e seis. Diz que seu nome é Marilda e trabalha nas Lojas Colombinas. Vinte. Setenta e sete. Trinta e nove. Quarenta e dois.

— Minha mãe também era Marilda – minto. – Mas já morreu.

Onze (*sepulturas quase novas*). Quinze (*ratazanas moribundas*).

— Bingo! – gritam do fundo.

— Oh! – gemem os outros.

— Eu ainda moro com a minha – responde-me ela.

— Nunca te vejo por aqui... – arrisco.

— Só venho aos domingos para me distrair. Hoje dei sorte. Garanti o rancho da quinzena.

— Eu vi – respondo.

Ela fuma preguiçosamente e reorganiza a mesa para uma nova rodada. A morena bunduda recolhe nossas fichas com uma displicência cansada.

— Hoje só me ferrei – confesso.

E atiro a medalhinha no cinzeiro.

Marilda a recolhe, observa com desdém aquele lanhado São Cristóvão caolho, ri de minha superstição.

– Me deram... achei que ajudava – murmuro.

– Sempre vou te amar – lê ela com dificuldade, os olhos postos na medalhinha. – Quem é D? – completa.

– D? Sei lá. Nunca tinha visto essa dedicatória! – minto outra vez, lembrando das trepadas furtivas no escritório da garagem e da gemeção histérica de dona Dirce, que nunca, nunca mesmo, consumava o orgasmo.

Marilda me olha com olhos marotos.

– Mentiroso! – proclama, com acerto, devolvendo ao cinzeiro a medalha abandonada.

Tomo um longo gole de minha caipira.

– Vou jogar a última rodada e vou-me embora – diz ela, com um suspiro cansado. – Amanhã trabalho.

– Posso te levar em casa? – suplico.

– Podes, é aqui pertinho, na Bento.

Dezenove (*carros na avenida*). Quatro (*marmanjos na marquise*). Oitenta e oito (*facadas na barriga*). Quarenta e quatro (*balas na cintura*). Marilda vibra, já marcou três vezes. Nove (*estocadas no teu rabo gordo*). Marilda me socorre, marcando solícita a minha cartela. Eu mesmo já desistira de ganhar daquela forma. Vinte e nove (*pregas no pescoço*). Trinta e dois (*anos de folia*). Sete (*mudas de roupa no roupeiro*).

– Já fiz um terno – ouço-a dizer, contente.

Cinquenta e quatro (*pendengas na Justiça*). Setenta e sete (*anos tem minha tia*). Trinta (*dentes na tua boca murcha*). Meu pensamento está longe. Hoje o dia é de Marilda, que acende outro cigarro. Imagino que não vou gostar de seu hálito quando a beijar. Seis (*baganas no cinzeiro*). Dois (*solitários na calçada*).

– Bingo! – gritam na mesa ao lado.

— Putz! — vocifera Marilda.
— Vamos embora! — convido-a bruscamente.
E me levanto.

Ela me acompanha, juntando as coisas com rapidez. Parece não querer perder-me. A solidão indesejada das solteironas sempre me favoreceu. Ganhamos a rua após trocar as fichas e caminhamos com vagar na noite estrelada e silenciosa. Está frio e a rua está vazia. Seguimos lado a lado, sem nos tocarmos. Marilda canta alguma coisa escolhendo com delicadeza, a cada passo, os ladrilhos do caminho onde pousar o pé. Ao seu lado, apenas a sigo. Por uma vez, tive medo: quando nos aproximávamos de quatro negros que andavam bastante devagar a nossa frente. Marilda seguia tranqüila. Ao fim, eram dois inofensivos casais. Acho que já estou condicionado a sentir medo dos negros.

Alcançamos o edifício de fachada fuliginosamente cinzenta onde ela morava. Marilda procurou as chaves na confusão da bolsa, abriu a porta e olhou-me um pouco sem jeito.

— Obrigada por me trazer — disse.

Eu não disse nada. Apenas puxei-a para mim e dei-lhe um beijo suave naquela boca carnuda e ressecada.

— Sai desse frio para gente se despedir direito — convidou.

Entrei e deixei a porta bater por trás de mim. Ela depositou ao pé da escada a bolsa e o casaco inconvenientes. Então encostei-a contra o armário de correspondências e abracei-a de corpo todo, sentindo seus seios exuberantes apertados contra mim. Sua boca abriu-se para receber a minha e eu então abracei-a fortemente e a beijei com fúria. Para o resto de sua triste vida.

Um golpe só do meu estilete rasgou-lhe, fora a fora, a jugular e os demais tecidos da garganta, enegrecendo de um vinho escuro, pouco a pouco, o alvo blusão de gola olímpica. Ela tentou afastar-me inutilmente, livrar-se da minha boca, sem sucesso. Mantive-a imóvel até sentir seus lábios se afrouxarem inapelavelmente, meus olhos cravados na caixa postal do apartamento número trinta e três.

Trinta e três anos tinha Cristo quando foi crucificado, exercito. Pouso-a no chão, com delicadeza.

– Bingo! – cochicho em seu ouvido.

Tomo de sua bolsa o dinheiro das apostas. Limpo cuidadosamente, com seu casaco embolado, as marcas de sangue em minha jaqueta de couro e no meu fiel estilete. E me escapo dali.

Há meses que eu vivo disso.

NILSON LUIZ MAY

VIDAS CONTRA A CORRENTE

Nilson Luiz May
Santa Cruz do Sul (RS), 1940

Médico e escritor, com intensa atividade nas áreas da política de saúde e cooperativismo médico, cursou Letras na Universidade de Caxias do Sul. É cronista semanal de um jornal porto-alegrense e membro da Academia Sul-Rio-Grandense de Medicina. Participou de diversas antologias de autores premiados, recebeu o prêmio Apesul – Revelação Literária em 1980, e seu livro de contos Inquéritos em preto-e-branco *foi um dos indicados ao prêmio Jabuti em 1996. Reside em Porto Alegre.*

Ao término de mais um dia, depois de penoso e rotineiro trabalho burocrático, quase noite, sem maiores expectativas que não um novo filme em DVD ou a música sempre repetida do velho CD, ele se atira no sofá da sala, no pequeno apartamento, da sala vazia de gente, vazia de afetos, cheia de solidão e de amargura, onde os ruídos dos móveis se confundem com os murmúrios dos lábios, que evocam recordações de outros tempos, tempos mais felizes, de menos exigências, poucos compromissos e mais amores, no sofá da sala que restou como uma espécie de espólio de mulher viva, único e emudecido companheiro da degradação de sua vida sentimental, enquanto pela janela aberta daquele sétimo piso, onde a cortina de tecido transparente balança com suavidade, ele vê o céu limpo e claro, poucas nuvens, a lua em quarto crescente e, como a temperatura é amena, imagina os casais que ainda fruem do sabor da vida, nas ruas, nos shoppings, nos restaurantes, nos cinemas. Ele que perdeu a dimensão do tempo, que deixou de gostar das pessoas e não tem mais entusiasmo pela convivência, que decidiu pela solidão definitiva, que se encastelou em seu universo sombrio, que prefere as aventuras pagas, transitórias, que não deixam marcas, assim como as serpentes que se arrastam sobre as pedras; ele que perdeu a vontade de fugir da mesmice de todos os dias, e de todas as noites, ele que não tem mais alento nem para diminuir um pouco aquele aperto cansativo que lhe oprime o peito, que se estende do coração para o lado direito e para cima, até sufocar a garganta e prender a respiração, que provoca longos suspiros e dolorosa angústia, que inquieta e desassossega a alma; nem que fosse para disfarçar essa melancolia de uma saudade antiga, uma saudade, talvez, do único amor verdadeiro que deixara escorrer de sua vida, assim como escorrem as águas barrentas pelas sarjetas das calçadas. "Já não sei quando morri", disse um dia, repetindo a sentença do mendigo personagem de Beckett. Ao fundo, a voz torturante do velho CD, repetidamente escutada, soando como um eco de seus pensamentos... *e por falar em saudade, onde anda você, onde andam seus olhos que a gente não vê...* quase o impede de ouvir a outra música, a do celular tocando, enervante, duas, três, quatro vezes, àquela hora de raros contatos, de tão poucos amigos, àquela hora de não falar, de não ouvir vozes que não fossem as que vêm de dentro, vozes que ejaculam pelas contrações espasmódicas do corpo ferido, e mesmo assim, e só por convenção, levanta-se, caminha três passos até a mesa, diminuindo o som na passagem *...hoje eu saio na noite vazia, numa boemia sem razão de ser, na rotina dos bares, que apesar dos pesares, me trazem você...* e atende o telefone. "Sim, alô", ele diz. "Adivinha quem é", ela diz. O tom é baixo e a voz é retraída, mas, de certa forma, insinuante. "Não tenho idéia", ele diz, sem mostrar interesse, num contato assim, numa noite qualquer, quem sabe alguma das putas que deixou cartão esperando breve retorno, para mais um dinheirinho. "Não vai lembrar mais da minha voz? Pensa um pouco...", ela diz, provocando rupturas na retilínea faixa do previsível e inesperadas sensações que exigem algum tempo para serem absorvidas, assim como as más notícias que nos surpreendem no curso das emergências da vida. "Adivinha", ela insiste, enquanto o fundo musical continua... *e por falar em paixão, em razão de viver, você bem que podia me aparecer...* "posso te dar algumas pistas para ajudar, se quiseres". "Sim, quero", já agora mais interessado em participar da brincadeira, "vamos lá, pode começar", ele diz. "Um outono em Fortaleza, mais precisamente nos aviões do forró, decorando refrões", ela diz. "Num curso de estratégias inovadoras que nossas empresas proporcionaram aos seus gerentes, faz quase cinco anos", ele diz. "E qual é o refrão do forró que eu repetia até te cansar os ouvidos?", ela pergunta. "Eu... eu não nasci...", ele não lembra bem... ah!... o espírito envenenado da memória. "Eu não nasci para ser a outra/eu nasci para ser a única/titular absoluta do seu coração", ela completa cantando. "É isso! Desculpe", ele diz, "lembro bem que o curso durou uma semana, na qual cinco dias passamos juntos, sem um minuto de afastamento, não foi?" ...*nesses mesmos lugares, na noite, nos bares, onde anda você...* Sim, ele sabia agora, as nebulosas lembranças do passado, que um dia retornam, um antigo emprego onde promoviam cursos de aperfeiçoamento, daquela vez num hotel cinco estrelas em Fortaleza, o melhor onde já se hospedara, caminhadas pelo calçadão da orla ao final da tarde, os colegas das outras filiais vindos de todos os cantos do país, naquela época ainda estava casado, nunca ficara tantos dias longe de casa... "E aí, quanto tempo já passou, não é? Bom que lembraste...", ela diz. Sim, ele lembrava muito bem, aquela morena, de longos cabelos, pernas bem-formadas, pele macia, muito jovem, extremamente sensual, que já no primeiro dia do encontro chamava a atenção de todos e, pela qual, logo depois, ele vencera a disputa sob os olhares ciumentos de seus colegas. "Elizete", ele diz, lembrando aqueles dias de paixão, dias e noites de trepação sem limites, promessas de continuidade na relação, compromissos de divórcio, para serem livres, viverem juntos. "Muitas coisas aconteceram nesses cinco anos", ela diz. À época, ela trabalhava na filial de Belém do Pará, lugar longínquo para quem era do Sul, como ele, e o casamento ia mal, não agüentava mais a tortura de conviver com alguém que já não amava e, pela carência afetiva e sexual, justificava seus dias de paixão com ele, não que fosse uma mulher vulgar, uma vadia que se aproveitava das viagens e da ausência do marido para trepar com qualquer um... *onde anda esse corpo que me deixou louco de tanto prazer...* "Após a minha volta, em casa, tentei engravidar, na expectativa de preencher aquele vazio do casamento, como se isso fosse possível, mas nada aconteceu naquele ano e nem no outro, muitas vezes lembrei de nossas promessas que foram se esvaindo como fumaça levada pelo vento que não tem suficientes forças para carregá-las do norte ao sul do país", ela diz. "Eu também, quando voltei já não era o mesmo", ele diz, "embora meu casamento não tivesse sérios problemas, talvez a minha desatenção para os pequenos detalhes fizeram com que ela deixasse de me amar e, menos de um ano depois daquela viagem, ela pediu separação e saiu em busca de outra oportunidade para ser feliz, como me disse". "Comigo foi um pouco diferente", ela diz, "passei ainda esses últimos anos tentando evitar a separação, mesmo com a tristeza e o fracasso de não ser mãe, até que ele decidiu por nós, e pediu para ir embora." "Onde estás agora?", ele pergunta. "Mudei-me para São Paulo, estou aqui há menos de três meses, ainda na mesma empresa", ela responde. Naqueles segundos de pausa, veio-lhe à mente a irremediável sentença do "assim prosseguimos, botes contra a corrente, impelidos incessantemente para o passado", que sua memória foi buscar lá no final do *Grande Gatsby*, de Fitzgerald. Enquanto isso, a pauta musical, ao fundo, já pulara de faixa... *começaria tudo outra vez, se preciso fosse... olhar para trás e ver que voltaria com você...* "Estás com alguém?", ele pergunta. "Não, moro sozinha num apartamento alugado em Vila Mariana, é um bom lugar", ela responde... *ao som deste bolero, ainda somos nós, veja meu bem, a orquestra nos espera, por favor, mais uma vez, recomeçar...*

PATSY CECATO

ENTRE AS ORQUÍDEAS DO DELEGADO

Patsy Cecato
Florianópolis (SC)

Atriz, diretora, escritora, roteirista e professora de teatro, iniciou seus estudos literários com Luiz Antonio de Assis Brasil na Oficina de Criação Literária do curso de Pós-Graduação em Letras do Instituto de Letras e Artes da PUC-RS (1989) e participando do grupo de estudos literários Fábula (1990 a 1993). Cursou um ano da Oficina de Dramaturgia ministrada por Júlio Conte. É sócia da Casa de Dramaturgia de Porto Alegre, onde escreve para teatro, cinema e televisão. Recebeu o Prêmio Açorianos de Literatura – Dramaturgia em 1999, pela peça Se meu ponto G falasse. *Reside em Porto Alegre.*

A lama acumulada nas depressões do terreno dava-me a impressão de que, a qualquer momento, eu afundaria naquela estrada desconhecida. Eu não conseguia parar, apesar da chuva. Quando não se vem de lugar nenhum e não se espera chegar ao destino sonhado, o trânsito é o único movimento em direção à vida.

Caminhava agora pelo sul, e as montanhas se repetiam. Os vales exuberantes, com suas águas sempre correndo, devolviam umidade aos céus. A paisagem feita de uma sucessão de casas de madeira escurecidas pela chuva, plantadas em terra de chão batido onde ciscam galinhas e às vezes porcos, isolados do mundo em sua voracidade de abóboras, cenouras e melancias. As roças de milho, mandioca e feijão encantavam meus olhos cansados da violência de homens contra homens.

Eu, sempre entregue a um jogo interior entre o bicho e o homem, devia manter distância dos lugares habitados. Caso contrário, seria tratado como o bicho que põe em risco a criação. Regras compreendidas e respeitadas. A mim cabia a estrada que nada mais era do que um traço no mapa, mas, para um andarilho como eu, era a pátria. A eles cabiam pequenos pedaços de terra que ficavam menores a cada filho que nascia, mas também era a pátria. Gente estranha essa do campo.

Às vezes, uma escola ou igreja prenunciavam uma cidade, eu passava ao largo, seguia adiante a invadir campos sem fim, de um só dono, arriscando levar um tiro ou ser rasgado por um cachorro apenas para evitar os delegados de prontidão à espera de uma só regra quebrada. Na cidade não há lugar para a luta interna entre o bicho e o homem, e nenhuma distância é segura.

***

Estava havia três meses naquela cidade, fazendo medições para a construção de uma estrada por onde se escoaria a safra. A estrada ligaria as várias fazendas do lugar à estrada de ferro. Seria construída com o dinheiro de uma cooperativa, portanto eu não era nenhum funcionário do governo e, sim, conseguira a muito custo um lugar naquela empreitada. Depois, era encontrar outro emprego, outro lugar. Naquele dia, perguntaram várias vezes pelo andamento das medições. Na verdade, eu estava sem pressa nenhuma. Gostava do lugar. Gostava de uma moça do lugar. Havia uma semana, eu a vira saindo do mato com uma orquídea branca. A flor era extremamente bela, mas foram as mãos que a seguravam que me prenderam àquela mulher estranha, de olhar sempre triste. Ela era noiva do delegado e todas as tardes procurava novas espécies para o orquidário do noivo. Passamos a nos ver todos os dias e a procurar no mato fechado o corpo um do outro. Fomos encontrados num lago que recebia uma pequena cascata. Estávamos nus e foi a última vez que a vi. Apanhei por muitos dias, até perder a consciência. Quando acordei, não podia entender onde estava. O perfume das orquídeas me sufocava e as flores eram como olhos vigilantes e como bocas cheias de escárnio. Nunca pensei que flores pudessem ser tão más. Aos poucos, me dei conta de que se tratava do orquidário que o delegado mantinha nos fundos da delegacia. Um guarda entrou. Acendeu um cigarro e começou a conversar. Ele dizia que eu era um homem de sorte. Estava vivo. A empresa da qual eu era empregado exigira a minha libertação. Tentava me erguer quando o delegado entrou. Ele trazia em suas mãos um par de testículos e me perguntou se eles não eram tão belos como as orquídeas. Meu grito foi abafado pelos passos dos guardas que me arrastavam até a viatura. A última lembrança que eu guardo dessa história triste é a daqueles homens me atirando do carro em movimento. Deixei meu corpo afundar numa poça de lama. Perguntei baixinho. E a moça?

***

Aqui estou. De volta à cidade de meus pesadelos, com muitos olhos sobre mim e a informação correndo por toda a rua. Tem um vagabundo entrando na cidade. Certamente um vagabundo seria mandado ao orquidário do delegado e depois atirado de um carro em movimento. Eu já tinha passado por isso uma vez. A coisa toda não me assustava. Além do mais eu tinha algum tempo.

Tempo de ir até a casa do delegado e encontrar a moça na porta dos fundos. Vestido claro, vassoura na mão e algumas rugas profundas sob os olhos. Tempo dela entrar na casa e de voltar de lá com um menino. De uns nove anos. Tempo dela me entregar a criança e me dizer baixinho para ir embora. Tempo do menino me olhar como se estivesse pronto para ir comigo. Tempo de voltar para a estrada.

O menino aperta a minha mão e eu devolvo o gesto, sabendo que nenhuma busca vai nos encontrar. Porque ali é a estrada. Apenas um traço no mapa. Mas é a nossa pátria.

RENATO PEREIRA

O CORNO E O LIXEIRO

Renato Pereira
Porto Alegre (RS), 1940

É especialista no emprego do bom humor no endomarketing, marketing de vendas e relações interpessoais, com cursos de extensão em Recursos Humanos e Capacitação de Interação no México e nos Estados Unidos. Foi redator da linha de shows da Rede Globo e também se dedicou ao teatro, como one man show*. Requestado palestrante, tem entre seus clientes grandes empresas multinacionais, empresas públicas, governos e universidades, que incluíram seus preceitos nos comportamentos de gestão. Reside em Porto Alegre.*

Eu já encontrei muita coisa no lixo, mas, isso, nunca pensei de encontrar. Já achei coisa boa. Duas garrafa de cachaça, uma calça com um rasgãozinho de nada e até um relógio, só porque o vidro quebrou. Como tem gente que bota coisa fora que ainda tem serventia: um binóculo de um olho só, um pacote de cigarro molhado, um CD de violeiro e um cavaquinho sem as corda. Teve caminhão que já recolheu colchão sem as mola estripada e guarda-roupa com as gaveta e tudo. O que será que eles pensam quando botam uma coisa boa fora? Que depois vai cair do céu? Pra mim, quem bota coisa fora não é bem gente. Não passa de porco que vira o cocho. Imagina, botar fora um saco de panela, um toca-disco, um penico alouçado. Pode não servir mais, mas já serviu e muito. Bota uma plantinha dentro, planta uma arruda. Arruda no penico, pra mau-olhado, é um porrete. Mas tem que gostar das coisa, não é sair jogando no lixo o que ainda se aproveita. Olha, pra conhecer como é que são as pessoas, é só examinar o caminhão do lixo que passa na rua delas. O meu é mais prático. Eu sou dos caminhão que eles chamam de terceirizado. Terceirizado é quando quebra os caminhão contratado e eles fazem tapa-buraco. Usam o caminhão da gente, mas é sem contrato nem nada. E caminhão aberto, mas, sabe como é, quem não tem cão caça com os terceirizado. Pegou, pegou, não pegou, tem quem pegue. Eu pego porque a coisa tá dificil. Por isso é que não dá pra entender botarem uma coisa dessas, tão necessária, tão procurada, tão boa de se ter, de se abraçar e de se fazer de tudo. Acredita que eu já peguei uma lanterna acesa? De certo, não acendeu, jogaram fora. Era só o contato. Bateu no caminhão, acendeu. Mal-agradecidos, isso é que é. Até uma mala fechada já botaram. Não foi comigo, foi num caminhão contratado. Diz que a mala tava cheia. Roupa de homem. Só pode ter sido a mulher dele. Tem gente que é assim, leu não escreveu, joga a mala do marido no lixo. Vira o cocho, isso aí. Depois não consegue outro, fica falando mal do infeliz pro resto da vida. E adianta? Agora, sinceramente, jamais ia imaginar que fossem capaz de me jogar o que atiraram no caminhão. E com o caminhão andando. Só ouvi o ploft. E de noite, que me chamaram pra tapar-buraco que a rua já tava com lixo esperando pra mais de dois dias. Parei o caminhão e desci. Quando eu vi, não acreditei. Quando me botaram um cofre enferrujado eu pensei que aquilo era o limite. Imagina, um cofre. Trancado. Sabe lá o que tinha dentro. Falei com o meu vizinho que tem maçarico e tacamo fogo. Derreteu tudo e não abriu, caiu o lado. Não tinha nada. Só pra dar trabalho. Ainda tive que pagar o acetileno. Não adianta, o lixo é do lixo. A gente tem que deixar e não ficar pensando bobagem. Mas, também, uma coisa dessas é de tirar qualquer um do sério. Quando fez o barulho do ploft eu até fiquei pensando que era outro cofre, de gente enraivecida com a falta de dinheiro, sei lá. Mas não. Foi muito além de qualquer cofre, mesmo se tivesse dinheiro dentro. Ainda bem que eu tomo remédio pro coração, se não eu era capaz de ter tido um piripaque.

*

Matei, matei. Fui eu que matei. Mas por causa da outra, doutor. O senhor já amou? Mas amou muito? Dói, doutor, é a dor que mais dói, essa da paixão. E eu já tive cólica renal. Não se compara, doutor. Essa dor que eu tenho, nem buscopan na veia. A cólica não deixa tristeza depois que medica. Foi num sábado. Ela chegou com as crianças e eu saí pra buscar pizza. Sabe como é, mulher moderna foge da cozinha como diabo da cruz. Mas eu não discutia. Não era só esposa, era namorada, minha amante. Que se dane a cozinheira. Pelo menos eu pensava assim. E ela cozinhava bem, mas só quando queria. Foi eu botar a pizza no meio da mesa, que o mundo caiu na minha cabeça. Sabe o que ela fez, doutor? Me olhou com aqueles olhos negros que eu tanto amei e simplesmente disse. Falou, doutor. Como se não fosse dar uma dor tamanha depois do que disse. Assim, na minha cara. Me faltou o chão, a vida perdeu o sentido e eu conheci o inferno. É aqui, doutor. Fica bem aqui, no meio do peito de quem já amou que fosse uma vezinha na vida. Sem rodeios, comiseração, pena, um fio que fosse de humanidade. Disse simplesmente que não me amava mais. Uma vez eu quase que afoguei na praia, que eu não sei nadar. É aquilo, doutor, só que muito mais no fundo, com a certeza que depois da pancada da onda não tem mais como emergir. Não, não senti pena de mim. O que me deu foi dor, doutor, dor, muita dor, por alguma coisa sagrada e única que ela tava me arrancando: o tanto e tanto que eu gostava dela. Eu tentei que tentei, doutor. Falei que ia passar, que tinha os filhos, que a gente casou porque se gostava, que ela tinha que pensar melhor. Mas sabe como é, doutor. Chorando sem parar a gente não consegue falar direito.

Eu acho que mulher não suporta ver homem chorando, mas não tava em mim doutor, como não dependia de eu querer ou não gostar dela daquele jeito. Não teve como.

Ela foi embora, doutor. Os filhos, eu acho que entenderam, eu não entendi. Como é que alguém que a gente gosta tanto pode não gostar nem um pouquinho da gente? Fiz terapia, fui na mulher que joga búzios, logo eu que não acreditava em nada, até rezar eu rezei, toda noite. Mas ela não voltou. Nunca mais. Li que a viuvez leva até dois anos para acontecer o desapego. Dói menos, doutor. E o pior veio depois. Consegui que ela falasse comigo. Foi um erro, um grande erro, doutor. Só pra ficar sabendo a pior coisa que quem gosta pode ouvir. Assim, com a maior sem-cerimônia, ela me disse que tinha outro. Já pensou, doutor? Alguém roubando todo o amor que eu tinha? O inferno, doutor. Uma semana sem comer, quase um mês sem tomar banho e pra lá de um ano sem trabalhar. Como se diz, só queimando gordura. Mas a vida continua. Cicatrizar não cicatriza, mas vai sangrando cada vez um pouquinho menos e a gente tenta ir tocando do jeito que dá. Foi aí que aconteceu.

*

Jogaram uma mulher no lixo! Uma mulher bonita. Bonita que só ela, precisava ver. Loiraço, uns olhão azul, cada coxão de babar na gravata. Desci do caminhão pra ver o que é que tinha sido o ploft e ela tava lá. E agora, seu Zé? Carregando morto no caminhão do lixo, não tem como explicar, é cadeia pro resto da vida. Logo eu que nunca entrei numa delegacia. Quem é que ia acreditar em mim? Um terceirizado do lixo carregando uma loira morta que não era dele. E agora, o que é que eu faço? Pensei em tocar o caminhão, descarregar como se não tivesse visto o que eu vi depois do ploft. Mas sempre tem testemunha nessas hora. Ia morrer abaixo de pau pra confessar que fui eu que matei, quando eu nunca tinha visto a bonitaça. É barra. Melhor se eu chamasse a polícia. Melhor nada. Ia levar um pau igual, só que ia levar antes, que dava mais de uma hora dali até o descarregar no lixão. E dizer o quê...? Sabe, eu vinha vindo quando a louca se jogou na traseira do caminhão. E se eu contasse que foi atropelamento? De que jeito? Ela tava inteirinha inteirinha. Cada seio mais bonito que o outro, uma cinturinha de pilão de moer café e aqueles olhão. Só uma mecha loira desalinhada na cara bonita. Nem um filetezinho de sangue, nada. Até fiquei meio indignado. A gente trabalhando, dando duro no caminhão do lixo, e acontece uma desgraça dessas. Outro vizinho meu que já puxou cadeia diz que é horrível. A comida é pra bicho, dorme no duro, nem cama tem, sem falar nas maldade de cadeia. Diz que é a Lei do Cão. Bobeou, vira mulherzinha. Comem o teu rabo só de sacanagem. Contam pra cadeia toda e o neguinho fica com o cu no sorteio. Matou, estrupou, assaltou, tudo bem. Fez, tem que encarar. Mas eu não fiz nada. Só tava recolhendo o lixo no meu fumegante, que esse meu caminhão fumega mais que maconheiro em festa. Tou ferrado. Vou chamar os homem. Explico e pronto. Vinha vindo, devagar pros gari não perder o caminhão, quando a loiraça caiu em cima de mim. Os gari iam comprovar que viram quando ela caiu. Viram nada. Eles tavam na rua de baixo, que lá rola um troco do cara da gráfica que manda um latão pesado que só ele e a gurizada abraça o pepino. Caiu do céu, é? Iam perguntar, ah, iam. Polícia gosta de sacanear, ainda mais chinelão que tem um caminhão fumegante. Dava pra esconder. Lixo em cima, bem ajeitadinho, nem no lixão ia aparecer. É muita sacanagem. Já pensou a gostosa depois voltar pra me assombrar? Me pegar no pé, segurar o saco, quando eu tivesse dando a minha com a patroa?

*

No supermercado. Aconteceu no supermercado, doutor. Quando a dor vai se esvaziando começa o espaço para a esperança entrar. De repente, entre as gôndolas, uma mulher linda, iluminada, doutor. Juro que eu não provoquei. Na segunda volta estávamos frente a frente. Não sabia se olhava para ela ou para o espaço de desviar, e os carrinhos engancharam. Saia-justa, doutor. Mas ela sorriu. Sorriu um sorriso tão bonito que por um instante eu jurei que era feliz de novo por estar tão perto assim de uma mulher bonita outra vez. Saí do corredor zonzo, doutor. Os olhos, o porte esguio, a pele cor de louça, o decote que juntava o mais belo par de seios que eu já tinha adivinhado como eram. E as pernas, os pés. Sandália alta de dedos à mostra, o decote entre os dedos, começando o mais fantástico par de pernas que eu já vi. Quando eu peguei as garrafas de água percebi o quanto a minha mão tremia. Mas foi no estacionamento que aconteceu mesmo. Estava colocando as compras na mala do carro, quando ela veio com o carrinho. O perfume chegou primeiro. Eu estava de costas descarregando, senti o perfume e me virei, era ela, doutor. Sorrindo, com o corpo inteiro. E suplicou :

– Meu pneu. Acho que furou, e eu nunca troquei um pneu, ficaria imensamente agradecida se tivesse uma mãozinha.

Foi rápido. Nem eu sabia que era tão competente para essas coisas. Ela disse que não sabia como agradecer tanta gentileza, me deu um cartão e partiu deixando o perfume no ar e a mais saborosa sensação do tato na minha mão. Passei o resto do dia pensando nela, a caro custo não liguei de volta. Mas na noite seguinte foi impossível resistir ao impulso. Sabe, doutor, quando a gente é adolescente e o coração dispara pela primeira namorada? Igualzinho, doutor.

Saímos. Mas não ficamos, doutor. Só saímos. Não era possível que eu ia amar, amar profundamente, outra vez!? Mas foi. Fomos ao teatro, ao cinema, jantamos. Sem ficar, doutor. O senhor nunca comeu quindim de colherinha quando criança? Para o quindim durar todo tempo do mundo? Bem assim, doutor. Ela é que deu um toque, quando voltávamos de uma exposição de arte. Numa sexta-feira. Com uma graça que eu jamais tinha visto em outra mulher, jogou os cabelos ao infinito, sorriu com toda a sexualidade sedutora que só as mulheres têm e perguntou o que é que eu ia fazer sábado a noite inteira até chegar o domingo...

*

Desliguei o caminhão pra não morrer tossindo do fumegante e voltei pra olhar a loiraça. Não é que ela tava rosadinha rosadinha? E morto é acinzentado que eu já vi. Estirado no meio da rua até que uma alma boa trouxesse um pano pra tapar o acinzentado. Ela não. As duas coxas bem igual. Morto rosado eu nunca tinha visto. Mulher bonita é assim, quando é bonita é bonita até depois de morta. Aí eu fiquei pensando. Suicídio? Suicídio por quê? Deixada pelo namorado? Mal-agradecido da sorte. Deixar de uma mulher dessas só pode ser muito burro. Burro e brocha. Brocha e cego. Cego não, que uma pele dessas é muito melhor passar a mão do que ficar olhando. Ou pulou lá de cima. Droga? Pra quê droga, droga! Podia ter o que queria, se drogar pra quê? Algum ricaço que botou a coitadinha nessa. Rico não respeita ninguém. Namorasse um cara que tem que suar a camiseta num fumegante, tava viva. Pobre não precisa droga, ele é a própria. Mas que tava viva, tava. O que é que adianta, rosadinha e morta. Melhor eu ver se tá mesmo. Tiro a pulsação, já vi na tevê. Aí fica a digital, vão dizer que eu esgoelei a moça, melhor não.

– Moça? Ô moça, diz aí se tá viva!

Hm... nem bola. Ou tá morta ou é muito orgulhosa pra falar com um chinelão fumegante...

*

Que sábado, doutor, que sábado! Não preciso dizer que foi duro dormir na sexta, só pensando na outra noite. Cedo eu tava na rua, produzindo o que eu tinha certeza que ia ser o maior espetáculo da minha vida! Já pensou! Depois de tudo que eu passei, me apaixonar de novo daquele jeito? Comecei pelo mais difícil. Lençóis de seda. Não foi fácil. Corri mais de dez lojas até encontrar. Tinha que ser de seda preta, doutor. Uma loira daquelas precisava ser valorizada no contraste. Outra mosca branca de olho azul foi encontrar um robe com o monograma com as minhas iniciais. Virei a cidade e não encontrei, mas levei pra bordar. A bordadeira cobrou bem. Podia cobrar o dobro que eu pagava, não é todo dia que se tem uma mulher daquelas pra levar para a cama com lençol de seda preta. Ficou bem. O robe também de seda, claro. Vinho, com as minhas iniciais em dourado. Da cor do cabelo dela, doutor. Não é que eu seja obsessivo pelo estético, mas nessas horas tem que combinar tudo. Faxina geral no apartamento. Eu mesmo fiz.

E cera, doutor. Cera perfumada. Depois a arrumação mais prática, sais de banho na hidro, rosas na sala e lírios no lavabo. Champanhe Veuve Cliquot e água mineral. Perrier, nessa hora não se pode poupar. A última coisa foram as frutas da estação. Difícil de encontrar fresquinhas, sabe? Acabei comprando de um amigo meu que tem restaurante num hotel cinco estrelas, eu já tinha ido jantar lá com ela, ele entendeu e me cedeu as frutas, lindas lindas. Fomos jantar antes. Quem diz que eu consegui comer, doutor. O filé não parava no garfo, parecia um velhinho com Alzheimer. Eu ainda quis procurar um lugarzinho com música pra gente dançar de rostinho colado, mas ela me deu a entender que quem espera demais é porque perdeu o trem. Não sei como eu consegui dirigir até o apartamento, doutor. Não trombei por milagre, eu esquecia de frear, de engatar marcha, foi o carro que me levou. Entramos. Me deu vontade de abrir a porta com ela no colo, como no cinema, doutor. Ofereci o champanhe, ela preferiu água. Botei um som. Juro que não lembro o que era, doutor. O que não esqueço é que ela gostou da música. Sorriu cruzando as coxas e eu vi a calcinha. Amarelinha, doutor, da cor do monograma do meu robe, juro! Eu disse que ia tomar uma ducha, que ela ficasse à vontade. Foi depois da ducha. Quando eu estava vestindo o robe foi que ela me chamou. Com uma ternura na voz que eu tive uma ereção instantânea. Doutor... quando eu lhe disse que o mundo tinha desabado sobre mim naquele malfadado sábado em que eu coloquei a pizza lá em casa em cima da mesa, eu não sabia que o Universo inteiro também podia cair em cima da gente. Pois foi o que aconteceu. Ela jogou as mechas loiras como se fossem rabos de éguas no cio a seduzir o mais fogoso alazão e disse algo muito pior do que uma mulher quando diz que não te ama. Abrindo a boca carnuda e puxando ainda mais a saia que mostrava até o sombreado do púbis, simplesmente, perguntou:

— Você se importa da gente acertar antes?

*

Se não tá morta é bom dizer que o fumegante não é dormitório de loira gostosa. E a boca vermelhinha, nem a boca tá roxa. Vai ver é algum remédio que ela tomava. Ou o vagabundo que matou pintou depois. Sei lá quantos anos de cadeia... E eu vou junto. O lixeiro é conivente. Um matou e o outro passou pra juntar. No pau qualquer um confessa. Como não sei quem foi, fui eu mesmo, pronto. Com quanto tempo será que se sai por bom comportamento? Mais os indulto de Natal. O importante é não levar pau, o resto se ajeita. E se foi estupro? Digo que não fui eu. Digo e provo. Quem sou eu, o cara do fumegante, pra loira facilitar comigo? Tou limpo. Matei mas não comi. Eles que descubram quem foi. Nossa! A morta tá se mexendo...

*

O senhor já levou um soco, doutor, assim bem no meio da cara? Um soco que não se sabe de onde vem mas quando chega é uma tonelada? Sabe o ódio, doutor? O psiquiatra me disse que o ódio e o amor são a mesma coisa, só que invertida. Aquilo veio, veio, veio e trancou na garganta. Eu não consegui falar, doutor. E queria, queria muito. Queria dizer que aquilo tinha sido trabalho, coisa feita da minha ex-mulher para que eu nunca mais sentisse a grande alegria que é ter uma mulher amada nos braços. Isso que eu não acredito em nada, doutor. Eu queria pular, saltar sobre ela, amor bandido! Não consegui dar mais que um passo. Mas foram os meus olhos. Ela leu toda a ferocidade da minha alma ferida, se ergueu pálida, lívida, e recuou. Eu tinha deixado o janelão aberto, as estrelas, doutor, era romântico. Juro que não encostei um dedo, doutor. Ela é que caiu, eu ainda tentei segurar. Mas fui eu, fui eu que matei, matei com a minha raiva, doutor. Eu dava o que ela quisesse, dinheiro, jóia, carro, apartamento, mas nunca, nunca daquele jeito, doutor.

— Amigo, o pessoal já foi lá. Não tem corpo nenhum na calçada. O máximo que você matou foi a minha curiosidade. Com trinta anos de Polícia eu pensava que já tinha visto tudo. Como é que um homem de cabelo branco ainda cai nessa: sócio do Clube do Babaca, carteirinha número 1. Vá, pode ir. Vá pra casa, tome o champanhe por mim. Diga ao seu psiquiatra que pesadelo todo mundo tem, só não pode é acreditar neles. E da próxima, amigão, antes de se apaixonar, pergunte se ela se importa de acertar antes.

SÉRGIO DA COSTA FRANCO

ÚLTIMO PÁREO

Sérgio da Costa Franco
Jaguarão (RS), 1928

Historiador com numerosas obras publicadas, bacharel em Geografia e História e também em Direito, jornalista, procurador de Justiça aposentado, professor em diversos estabelecimentos de ensino e jornalista, desde 1949 milita em nossa imprensa, como colaborador e editorialista. Em 1976, foi distinguido com o prêmio Carlos de Laet, da Academia Brasileira de Letras, pelo livro de crônicas Quarta página, *e em 2005 com o prêmio Açorianos, da Prefeitura Municipal de Porto Alegre, pela coletânea* Os viajantes olham Porto Alegre. *É autor de inúmeras obras. Reside em Porto Alegre.*

Seis horas da tarde e os cavalos faziam o passeio de apresentação, antes do último páreo. O sol descia sem calor, espichando sombras. Frente à pista, diante do quadro de apostas ainda sem registros, a assistência mostrava semblantes cansados e roupas amarfanhadas. Apenas no pavilhão dos sócios, os espectadores ainda mantinham a elegância. Nas mesas do bar, ao ar livre, muitas garrafas vazias e os últimos freqüentadores que espumavam nos copos a "saideira". Mais descansados àquela altura, os garçons aproveitavam para planejar, no programa, um joguinho de última hora.

Para além da cerca do hipódromo, no campo de futebol da Baixada, explodiam de vez em quando os rugidos da multidão que assistia ao final de uma partida.

Zé Fernandes veio dos lados do padoque, onde conversara pela terceira vez com um tratador, seu primo. Não havia dúvidas, a égua Frioleira não podia perder. Seria um azarão de pagar duzentos na ponta, porque o público escolheria a tordilha argentina que vinha de três vitórias sucessivas, e a crônica não dera a menor importância aos trabalhos de Frioleira durante a semana, aparentemente inexpressivos.

Multiplicado por vinte o dinheiro que lhe restava, Zé Fernandes poderia pagar suas dívidas e ainda lhe sobraria o indispensável para passar o mês.

No "passeio", Frioleira não despertava a menor atenção. Era uma egüinha tostada, de anca meio caída e crinas longas. Levava um jóquei sem glórias. Não podia seduzir sequer as atenções desses freqüentadores inexperientes que apostam na estampa do cavalo ou na fama do piloto. A própria blusa do jóquei não seria capaz de entusiasmar as apostantes femininas: era branca e preta com listras verticais. Sem a sedução dos cetins azuis e dourados, das ferraduras vermelhas sobre fundo branco, dos escarlates vivos e dos verdes-malva.

Zé Fernandes contou os cigarros. Restavam três, amassados no canto do maço. A boca amargava, de saliva grossa e sabor de poeira. O pé esquerdo doía, por um princípio de bolha no calcanhar. Raio de sapato velho que ainda lhe causava incômodos! Quando era novo, apertava; agora começava a fazer bolhas, por causa do forro enrugado e rasgado.

No quadro de apostas apareceu a primeira "pedrada". Confirmava-se a expectativa: a tordilha Sodoma era franca favorita, atraindo para si mais de metade das apostas. Frioleira tinha apenas trinta pules.

Zé Fernandes retirou da carteira a última nota que lhe sobrava. Enfiou-a no bolso das calças. Não jogaria logo. Esperaria a próxima "pedrada". E era melhor não fazer "cascata" em torno da égua.

Apareceu-lhe nesse instante o Joaquim, colega de repartição e, como ele, viciado em turfe. Trazia a gravata frouxa, o casaco pendurado ao braço e um ar de desalento.

– Zé velho, quem é que ganha isso? Preciso me desquitar, porque o talo foi grande.

Zé Fernandes considerou com pena o interpelante, como ele "barnabé", cheio de filhos e de dívidas. Mas não se abriu.

– Não sei, Joaquim, mas acho que a Sodoma é barbada.

O amigo lhe replicou que a Sodoma era "pule de dez", nem valia a pena arriscar.

Zé Fernandes se afastou da "pedra" e dos guichês de apostas, evitando a aproximação de outros conhecidos que viessem lhe pedir palpites. O problema agora era de vida ou morte. Se não ganhasse quantia de encher o bolso, as crianças ficariam sem leite até o fim do mês. O galego do armazém só lhe dera uma semana para liquidar o caderno. E o Zezinho não poderia fazer exames, se as mensalidades da escola não fossem saldadas. Droga de vida apertada!

Tornando ao padoque, verificou que Frioleira continuava em boa forma, cabresteada por um cavalariço. Zé Fernandes contemplou-a quase com ternura. Não seria a primeira vez que a tostadinha lhe tirava de um aperto. Três meses atrás, ela o livrara de prejuízos depois que ele perdera durante toda a tarde.

Mas o calcanhar continuava a doer. Sentou-se num banco, tirou do pé o sapato e se pôs a arrancar os restos do forro que lhe ralavam a pele. A unha do dedo grande tinha furado a ponta da meia e se exibia, impudica, o que o levou a esconder o pé descalço atrás do outro. Estava empenhado na operação de reforma do calçado incômodo, quando um terror súbito o assaltou: e se fechasse de um momento para outro a casa de apostas?! Deu um salto, enfiou o sapato e, mesmo sem dar o laço, tomou o caminho do guichê, quase correndo. Era irracional o seu terror, tolice. As apostas não se encerravam sem que soasse a sirene. Lá estavam as portinholas dos guichês abertas e os apostadores se acotovelando em frente.

Com as pules no bolso e aliviada a dor no calcanhar, Zé Fernandes sentiu-se leve e novo. O sol tinha desaparecido completamente atrás do pavilhão e do casario. Apenas os altos da Bela Vista rebrilhavam ainda com reflexos de uma luz sangüínea. A tarde começava a refrescar. De espaço a espaço, vinham frescas rajadas do lado da verde bacia do Prado, prometendo aos turfistas pelo menos uma noite de refrigério.

Zé resolveu acomodar-se na arquibancada da chegada. Ali, em outras ocasiões, tivera sorte. Sentado na terceira tábua, a contar de cima, fechara uma acumulada de duplas. E lá também (porque marcara bem o lugar) estava sentado toda a tarde na última vez em que acertou o *betting* grande. A terceira bancada já estava cheia, o que Zé verificou com algum desconsolo. Mas achou lugar na primeira, a mais alta, donde olhou a tarde morrer, com uma sensação íntima de alívio. A seu lado estava um corcunda, o que reforçou sua confiança. Nunca tinha ficado ao lado de um corcunda no Prado. E sempre lhe diziam que dava sorte encostar a mão no calombo deles.

O vendedor de cartuchos de açúcar sacudia sua matraca. Zé lembrou-se que, no bolso do relógio, tinha guardado um níquel para a coleção de moedas do Zezinho. Gritou pelo cartucheiro, para não perder seu lugar, estendeu seu braço para o braço esticado do vendedor e converteu seu último níquel em doçura, para alívio da boca amargosa.

Sentia fome e cansaço, mas uma imensa tranqüilidade, como não conhecia há muitos dias. Frioleira lhe devolveria o crédito, lhe traria de volta a paz conjugal. Um bife. Sim, comeria de novo um bife no almoço de segunda-feira. "Alcatra, sim senhor, seu Nicola. E veja lá aquela nossa conta velha, que eu quero liquidar." O galego da esquina ouviria umas boas: "Quando eu lhe digo que vou pagar é que vou pagar mesmo, seu Peixoto". "Não precisa o senhor andar ameaçando minha patroa com o corte do caderno." E o palavrão que imaginou, a própria mente exaltada censurou, pois Zé precisava manter o crédito e a tolerância do dono do armazém, para outras ocasiões difíceis.

O corcunda continuava quieto, sem falar com ninguém, ocupado em limpar com um canivete as unhas da mão esquerda. Um grandalhão de bigode propunha jogo por fora, pegando a Sodoma. "Bobalhão grande", pensou o Zé, "se eu tivesse mais dinheiro ainda pelava esse trouxa." Mas continuou quieto, acendeu um cigarro e se encostou no corcunda, enquanto ao longe, no partidor da milha, a cavalhada revoluteava em frente à fita branca. Percebeu, com satisfação, que o corcunda guardara no bolso o canivete, um tanto perturbador para quem pretendia segurar-se ao talismã humano, no minuto oportuno.

Em dado momento, houve alinhamento entre os disputantes, ecoaram gritos desordenados da assistência, e a "tropa" se precipitou ao longo da raia, num tumulto de patas e blusas multicores. À distância, podia-se perceber que Frioleira vinha no meio do bloco, talvez no terceiro ou quarto posto. Largara bem. Já a essa altura, Zé Fernandes apoiara-se no corcunda, que protestava:

– Me largue, seu...

Zé não o escutava e não retirou a manopla do ombro do homenzinho.

– Vai segurar a tua mãe – continuava protestando o corcunda, enquanto se desvencilhava e tratava de descer para as bancadas inferiores.

Frioleira pisava firme na reta, correndo folgada, contida pelo jóquei, que a poupava para arremeter no final. Sodoma fechava a raia, também segura, pois corria de fundo, sendo famosas suas atropeladas na reta final. Completada a primeira volta, viu-se que Frioleira avançava em enorme velocidade. No partidor dos 1.500 já ocupava o primeiro posto e não se adivinhava outro competidor que a ultrapassasse. A arremetida era fulminante.

No espaço de segundos, Zé ficou rouco de tanto gritar: "Toca, Frioleira! Mostra pra esses burros, Frioleira!"

A égua tostada livrara três corpos e vinha firme, junto à cerca interna, numa ânsia tremenda de vencer.

Tenso, surdo aos gritos dos demais e já com lágrimas nos olhos pela vitória que antevia, Zé Fernandes mal pôde entender o que se passou logo em seguida. Na curva do padoque, viu que Frioleira rodava, jogava o jóquei no chão e se estatelava ela própria sobre os paus da cerca, numa confusão de patas e de arreios. Sua rodada prejudicou os que a seguiam mais de perto, e, do fundo, atropelando por fora, a tordilha Sodoma ganhou a frente e cruzou sobranceira o disco de chegada.

Esse final, Zé Fernandes não pôde ver. Apenas percebeu, correndo atrás, machucada e suarenta, com a sela de arrasto, a infeliz Frioleira. Sentou-se na arquibancada e ficou incapaz de reagir, de falar ou de movimentar-se. O corcunda ainda lhe disse uns desaforos e, vendo que não tinha resposta, deu-lhe um tapa no chapéu, que ficou jogado sobre o lixo acumulado debaixo das bancadas.

SÉRGIO DE CASTRO PINTO

CANTILENA

Sérgio de Castro Pinto
João Pessoa (PB), 1947

Poeta, jornalista, bacharel em Direito e professor de Literatura Brasileira na Universidade Federal da Paraíba, onde defendeu dissertação de mestrado e tese de doutoramento sobre Manuel Bandeira e Mario Quintana, obteve inúmeras distinções literárias, sendo a mais recente o prêmio Guilherme de Almeida, conferido pela União Brasileira de Escritores. Tem poemas publicados em Portugal, na Espanha e nos Estados Unidos, e é autor de uma extensa obra poética. Reside em Cabedelo, PB.

Antigamente, sim, antigamente, tu preparavas para mim caramelos de limão, de caju, caramelos que eu retirava da boca, punha-os contra o sol, e eles se abriam em vitrais coloridos, vitrais gosmentos, que a saliva dissolvia aos poucos. Depois, depois vinha o melhor: a língua escamoteava no caramelo – como se estivesse revolvendo resíduos da cárie de um dente – e sentia o gosto de passa ou de ameixa, de café ou de uísque. Dos cantos da sala subia um cheiro de fotografias antigas que não estavam à altura dos olhos, tampouco das mãos. Tudo ali, inclusive eu, estava dentro de uma fotografia, preso por cantoneiras.

Nos sábados, sentia vontade de emigrar, de meter a bunda numa motocicleta, num selim lustroso e, ao mesmo tempo, de divisar o lúcido jogo do sol nos raios das rodas que chamuscariam marcas de pneus no asfalto negro. E logo o meu rosto estava refletido no Sena ou dentro do mar de algum porto de águas oleosas, indevassáveis, sujas. Mas sempre voltava à tua casa para boiar o meu rosto dentro daquele espelho de moldura oval, um pouco descascada como se fora realmente um ovo. Mas um ovo que jamais romperia a casca para fazer nascer o filhote que crescia preso aos bordados das tuas tias e aos bilros de tua avó, cujo joguete fiava o teu enxoval e, conseqüentemente, o desastre de minha motocicleta e o afogamento do meu rosto nas águas do Sena ou nas águas de algum porto distante por onde circulam navios que soltam óleo.

Nas camisolas encaixotadas, eu já imaginava a tua voz pastosa de sono. E, entranhado na textura do tecido, o sangue de gordas muriçocas que eu esmagaria entre o bolor do pesadelo e os fiapos da voz que se desfiariam na tua garganta. Imagino a tua tosse, o teu pigarro reorganizando os fios de saliva que correriam desordenados pela tua goela. Sei que nesses momentos ficaria na borda da cama e os vincos do lençol seriam os rastros da motocicleta. Iria ao banheiro, abriria as torneiras, e delas viriam as águas do Sena, do porto, tudo acontecendo num ouriçado pacifismo domiciliar, doméstico. A água imóvel do espelho refletiria a minha face. E depois, tudo seria branco, até mesmo o silêncio que tu mascarias como se fora chicletes, o silêncio contido nas rachaduras dos teus lábios.

Sei que as tuas tias paralisaram os bordados e a tua avó, o bilro. As tuas camisolas foram desencaixotadas para o uso diário. Não sei se ainda fazes caramelos de caju, de limão, ou aqueles recheados de passa ou de ameixa. Imaginei as velhinhas desorientadas, um tal de explicar para as vizinhas, para o resto da família. Vejo os suéteres desfeitos, as lãs tortas sobre o chão, mas ainda agasalhadas na forma anterior. Fios que teimam em reconstituir a saia ou a blusa que eu, em alguns rompantes de apaixonado, descrevia-te na Europa, na nossa lua-de-mel, com a neve se armazenando nos xadrezes e se avolumando em densas crostas que eu retiraria no quarto do hotel, para habitarmos, logo após, o quente território da cama e do coito.

Lamento por tuas tias, por tua avó. A única desforra que tiveram caracterizou, muito bem, a fragilidade delas: destrinchar lãs, desfazer xadrezes, desfiar fios. São Penélopes ao inverso.

Digo-te que não viajei nesse período de dez anos. A motocicleta se despencou dentro de mim e as águas do porto ficaram tão distantes que hoje uso óculos.

Peço-te um favor: mande-me, numa caixinha daquelas, dez caramelos: quatro de limão, dois de caju, dois de uísque, um recheado de passa e outro de ameixa. O portador é de extrema confiança.

TARSO GENRO

O SEGUNDO FILHO DE TROTSKY

TARSO GENRO
São Borja (RS), 1947

Advogado, poeta, ensaísta e ativo militante na política brasileira, foi Prefeito de Porto Alegre, Ministro da Secretaria Especial do Conselho de Desenvolvimento Econômico e Social da Presidência da República, Ministro da Educação, sendo depois nomeado Ministro da Secretaria de Relações Institucionais da Presidência da República e Ministro da Justiça. Sua mais conhecida atividade literária é o ensaísmo, gênero que praticou durante muitos anos, analisando grandes obras da literatura hispano-americana e suas contribuições para a vida social. Reside em Brasília.

Depois que Trotsky foi expulso da União Soviética, Lev – o seu primeiro filho – morreu em Paris. Segundo alguns historiadores teria sido assassinado pela polícia política de Stalin, pois Lev acompanhava o pai. Era comunista militante e identificava-se com a luta, a exuberância e a inteligência de Trotsky.

Trotsky e Natália Sedova tinham um segundo filho. O que está fora da história. O que não acompanhava o pai, Sergei Sedov. Sergei era tímido, fechado, engenheiro, achava a política algo censurável e mudara-se do Kremlin ainda quando Trotsky era uma grande personalidade política do regime soviético. Enquanto o primeiro filho, Lev, via no pai uma síntese da história da Revolução Russa, Sergei mirava-o como o homem que era resultado de uma equação. Para ele, a política era apenas o cálculo algébrico da vida moral: um exemplo concentrado da pior ciência, que sempre se tornava um mal necessário como política.

Quando Sergei saiu do Kremlin, Natália Sedova, sua mãe, entristeceu. Trotsky dissera-lhe, porém, que brevemente todos sairiam. Provavelmente isso ocorreria se ele perdesse a luta contra Stalin, já que o georgiano tornar-se-ia uma espécie de "Napoleão vermelho", como os mencheviques previram e o "renegado" Kautsky já escrevera com todas as letras.

Em certa oportunidade, ainda quando Sergei morava com os pais no Kremlin, Trotsky teorizara sobre o assunto numa conversa de jantar com Lev e Natália. Sergei, que nunca participava das discussões políticas, mesmo em família, ergueu a cabeça do prato de sopa e disse: "Qualquer um, no fim, será um Napoleão vermelho, mas bem pior do que o Napoleão...". Trotsky censurou-o carinhosamente com uma frase que ambos, em momentos de tragédia e dor, relembrariam por motivos diferentes: "Todo cientista e todos os ingênuos acham que a política e a história estão no território da matemática".

Trotsky, no seu exílio mexicano, lembrava-se da frase sempre que sonhava com Sergei ao alcance de Stalin e acordado questionava-se por que ele não o acompanhara. Sergei, porém, lembrou-se da mesma frase quando a KGB foi lhe buscar para o ajuste de contas. Era o pico de um processo de violência e repressão, que se estendia não somente aos aliados políticos do seu pai, mas também aos seus familiares.

Vagando pela terra, que àquela época ainda parecia povoada de cidades distantes: Prinkpo, mar de Mármara, França e Noruega, Trotsky seguidas vezes pensava em Sergei. Sabia que, embora ele não compreendesse o que efetivamente acontecia na União Soviética, só o fato de Sergei ser seu filho já o tornava uma vítima em potencial. Stalin sempre dizia que Trotsky "gostava muito mais de se ver na Revolução do que da própria Revolução". Hoje, Trotsky via-se dolorosamente no exílio e, mais do que com Lev, preocupava-se com Sergei. Talvez porque ele fosse o mais indefeso, ao não farejar por antecipação as crueldades da história, a absoluta fragilidade dos indivíduos no interior dos seus movimentos sísmicos e a total irrelevância – segundo já defendera Trotsky – das pessoas "em si mesmas", para a marcha da Revolução. Afinal, pensava Trotsky, "eu mesmo apoiei o fuzilamento das crianças do Czar e elas não tinham a ver com os abalos revolucionários que ocorriam nas vastas terras geladas da Rússia". A História como síntese da impiedade, que só a ditadura do proletariado poderia extinguir, começava a desafiar, mais do que a teoria, mas a emoção e o sentimento de paternidade do velho revolucionário.

Já exilado em Krasnoyarsk, a Sergei Sedov só restava esperar. Intuía que os seus dias estavam contados, e menos do que as suas habilidades de engenheiro industrial, interessava a Stalin produzir a ignomínia absoluta. E esta só seria total se estendida às famílias dos "traidores trotskystas". E Sergei Sedov esperava com medo, mas com altivez, porque sabia que, quando os materiais estão fatigados, eles rebentam nos lugares em que as moléculas têm atrações mais débeis. Independentemente de o golpe ser dado exatamente no lugar mais propenso à ruptura.

A "fadiga dos metais", murmurou Sergei, quando viu o carro preto dos alunos de Béria, fantasticamente aumentado em seu volume, emoldurado pelo cerco surrealista da neve branca que caía sobre a cidade. E "caía sobre toda a terra russa", murmurou de novo Sergei, sem saber que imitaria uma metáfora de James Joyce num conto dos *Dublinenses*. Talvez um conto escrito na mesma época. Quem sabe se também no centro de um tempo inercial e repetitivo, que sempre concentra todas as tragédias do mundo, nas quais o indivíduo e o coletivo, o medo e a coragem fazem, na verdade, a dor única da Humanidade sufocada pelo desespero.

Sergei não esperou que os sicários subissem ao seu apartamento, apenas pegou um velho casaco de couro que Natália colocara em sua mala naquele dia distante da sua saída do Kremlin. O casaco tinha um cheiro imemorial de fumo e suor. Um suor benigno de paternidade, familiaridade, mas também de distância e severidade. Sergei desceu, então, pensando novamente na fadiga dos metais.

No décimo aniversário da Revolução de Outubro, os seguidores do seu pai revolveram fazer colunas separadas para o desfile e tentaram levantar cartazes com imensas fotos de Trotsky e Zinoviev, então seu aliado fiel. Foram duramente reprimidos. Sergei também lembrara as palavras de seu pai, proferidas contra Martov no II Congresso dos Soviets, dez anos antes: "Vá para o lixo da história, que é o seu lugar!". "Será este o lixo da História?", perguntou Sergei para um jovem policial que, juntamente com outros quatro, formavam a falange do proletariado em ação. "Cumpro ordens!", disse o policial quase menino com os olhos assustados.

As luzes mortiças da cidade anoitecida sucediam-se e desmaiavam sobre as ruas úmidas. Talvez fosse melhor que o seu pai tivesse a "coragem da rendição", porque sempre, ao final de um processo físico, os materiais se acomodam. Para que a infinita variedade de equilíbrios gere um novo processo e depois uma nova estabilidade. Uma letargia que remete o Universo para sempre além do visível, do previsível e – quem sabe – da sabedoria acumulada pelo homem para que tudo volte sempre a ser zerado.

De esguelha, Sergei olha pela janela e vê um céu terrivelmente claro e com estrelas definidas por uma luz alvear. Natália Sedova, naquele momento e num lugar muito distante, encosta seu peito frio nas costas daquele homem magro e severo, que comandara impiedosamente o Exército Vermelho, e chora. Trotsky também soluça. A história é impiedosa e não toma conhecimento dos sofrimentos, das lamúrias, dos lamentos e das tristezas de pais distantes. Sejam eles czares, generais ou proletários. Ela apenas se realiza dolorosamente, como ironia, como tragédia ou como glória. Às vezes para uns. Às vezes para outros.

Tolstói, se testemunhasse a cena da prisão de Sergei, diria provavelmente que o lado perverso da alma russa alcançara a sua plenitude. Novos senhores da vida e da morte, impiedosos contra um novo Pedro Bezukhov, atordoado pela enigmática rede de desafios que compõem a vida, estavam plenos no poder. Com novos símbolos, milhares de Jivagos também já estariam na adolescência para, mais tarde, serem responsabilizados pela máquina trituradora daquilo que é a última barreira da férrea cortina da História: a consciência ingênua dos indivíduos livres.

Mais tarde Victor Serge escreveria, com todas as letras, que a verdadeira utopia da igualdade é aquela que só pode ser construída se não violar esses limites. Uma névoa branda penetra nas galerias de Odessa, uma cidade perdida, e sobre Stalingrado, uma cidade de glórias. Nas estepes frias sopram os ventos do pólo, onde sempre brilham o céu e a paisagem. Poucas pessoas, porém, ajudam a forjar a sua beleza de gelo e mármore.

VALESCA DE ASSIS

AOS POMBOS, AOS POMBOS

Valesca de Assis
Santa Cruz do Sul (RS), 1945

Romancista e cronista, cursou Filosofia na UFRGS, especializando-se em Ciências da Educação pela mesma universidade. Lecionou em escolas públicas durante quase trinta anos. Em 2000 recebeu o prêmio APCA: Revelação de Autor, por Harmonia das esferas; *em 2001 o prêmio Açorianos de Literatura: Romance, pelo mesmo livro, que também foi distinguido em 2002 com o prêmio Especial do Júri da União Brasileira de Escritores. Em 2003, o prêmio Livro do Ano: Crônica, da Associação Gaúcha de Escritores, por* Todos os meses, *e o prêmio O Sul-Nacional e os Livros: Destaque em Literatura Infanto-Juvenil, por* Diciodiário. *Tem vários romances publicados. Reside em Porto Alegre.*

Quando a notícia estourar, ninguém confiará em Heloísa. Impossível aceitar a versão da mulher que se apoderou de meu único filho, o Henrique, casando-se com ele antes que eu tivesse qualquer reação. Reação que, aliás, eu não esboçaria de forma gritante, pois toda a vida me esforcei para ser uma pessoa discreta, de classe. Custou-me um estômago cheio de pedras, mas consegui.

Voltando a Heloísa, devo reconhecer que me deu netos – dois –, o que não conseguiria ter feito, é claro, sem a participação de Henrique. Meus netos foram, e ainda são, a coisa mais preciosa que tenho; ultimamente, porém, quase não os vejo. Sinto falta das travessuras infantis, dos carinhos inocentes, das semelhanças com meu filho, das calças ficando curtas, dos longos passeios e das primeiras rebeldias. Somente das primeiras, engraçadas, iniciáticas; as demais mostram apenas a má educação que receberam.

Se Heloísa deu-me netos, teve, também, a idéia de apossar-se de minha casa:

– Por causa das crianças, d. Aurora, precisam de mais espaço. – O argumento emocional, somado ao meu cansaço de viúva recente trouxe-me a viver neste metafórico Lar das Vovós.

O lugar, para além das janelas, é bonito: vê-se o Guaíba, às vezes espelho, outras, campo recém-lavrado. O Guaíba, rio-lago-estuário, sonho de liberdade e âncora, horizonte e muro, infinito e margem. O Guaíba que eu, professora, avistava, em certas horas do dia, refletido num edifício ao lado. O Guaíba que percorri com Henrique, ilha por ilha; depois com meus netos, no mesmo lendário Cisne Branco.

Pois este Guaíba, eu o tenho aqui, agora, na sacada de meu quarto, onde os pombos vêm comer, ao pôr do sol. Um Guaíba inatingível e tardio.

Bem, de novo Heloísa. Vindo para cá, minha nora sequer imagina o que a espera.

Velha, e com pouco sono, sobram-me enormes horas para pensar, planejar. Descartada, tenho mais paciência do que preciso para as poucas necessidades atuais. De modo que preparei as coisas com tempo e cuidado. Para azar dela, Heloísa, e – Deus queira! – sem falhas.

Embora discreta e educada como sempre fui, jamais deixei de, num ricto facial, num franzir de testa, mostrar os meus desagrados. Mas, considero pouco, isso, quando preciso da acuidade de minhas amigas, muitas delas já bem ceguinhas. Então, escrevi-lhes cartas – só as mulheres poderiam entender minha contida mágoa –, cartas que apontavam, entre uma e outra informação de saúde, as digitais de Heloísa em cada passo de minha derrocada.

Levei, em pessoa, as mensagens aos Correios, o que podemos fazer, aqui, se acompanhadas por uma atendente.

Calculei que se passasse uma semana.

Heloísa me visita a cada quinzena. Henrique raramente aparece, pois não suporta ver-me asilada. Os meninos, só os abraço no Natal, Páscoa e aniversário.

Heloísa vem a cada quinze dias, acho que já disse isso. Hoje é dia de Heloísa. Espero-a na sacada, encostada à mureta baixa, o saquinho de milho entre as mãos. Meus pombos têm horário para comer. A porta do quarto fica entreaberta. Minha nora costuma chegar entre três e três e meia. Às quatro, servirão o chá com *petits sablés*.

Minutos antes, uma vertigem, e seguirei os pombos.

Ninguém acreditará, nem os diretores do Lar, nem a polícia, e muito menos Henrique, quando Heloísa jurar que a sogra estava apenas debruçada sobre o muro, alimentando os pássaros.

Ninguém, ninguém mesmo vai acreditar. Nem ela, talvez.

GRÁFICA EDITORA
Pallotti
IMAGEM DE QUALIDADE

Santa Maria - RS - Fone/Fax: (55) 3220.4500
www.pallotti.com.br